Um romance de

Rosemara M. Neto

Divo

2025

CB081831

© 2025 Rosemara M. Neto
© 2025 Ophelia Edições

Nesta edição, respeitou-se o Acordo Ortográfico da Língua Portuguesa de 1990, que entrou em vigor no Brasil em 2009.

CONSELHO EDITORIAL:
Alencar Fráguas Perdigão e Cláudia Masini
EDITOR RESPONSÁVEL:
Guilherme Coelho
EDITORES:
João Camilo de Oliveira Torres e Bruna Fortunata
TECNOLOGIA DE INFORMAÇÃO:
Alessandro Guerra
PROJETO GRÁFICO E DIAGRAMAÇÃO:
Ana Raquel Bastos
REVISÃO:
Guilherme Coelho
ILUSTRAÇÃO E CAPA:
Ana Raquel Bastos

Catalogação na publicação
Elaborada por Bibliotecária Janaina Ramos - CRB-8/9166

7d

M. Neto, Rosemara

Divo / Rosemara M. Neto; Prefácio de João Camilo Campos de Oliveira Torres. - Belo Horizonte: Quixote, 2025.

112 p.; 15 X 21 cm

ISBN 978-65-986627-3-8

1. Ficção. 2. Literatura brasileira. I. M. Neto, Rosemara. II. Torres, João Camilo Campos de Oliveira (Prefácio). III. Título.

CDD 869.93

Índice para catálogo sistemático
I. Ficção: Literatura brasileira

www.quixote-do.com.br
Av. Cristóvão Colombo, 519 | sala 606 |
Savassi | Belo Horizonte | MG
CEP: 30140-140 | (31) 3141-1256

Para João.

PREFÁCIO

"JESUS CHOROU, VOLTAIRE SORRIU. DESTA LÁGRIMA DIVINA E DESTE SORRISO HUMANO DERIVOU-SE TODA A GRAÇA DA CIVILIZAÇÃO ATUAL."
- VICTOR HUGO

Quando conheci Mara (assim me foi apresentada, sem o Rose), já havia um sorriso. Discreto, bem pequenino, daqueles que pareciam nascer em solo adubado pelo quieto costume de observar as pessoas ao redor. Essa escolha, quando se colocava um passo para trás, poderia passar a sensação de desconfiança, caso estivesse desacompanhada do sorriso, mas tudo muda, todo significado, por essa pequena flexão dos lábios.

Essa mudança, tão bem representada pelas imagens das máscaras teatrais gregas, que opunham a tragédia e a comédia, é antiga. A dicotomia entre os gêneros, entre Aristófanes e Sófocles, se manifestava na presença ou ausência do sorriso. Ele está presente na história da literatura, com o carnaval (no sentido bakhtiniano) de Apuleio, foi transmitido pelo filósofo Luciano de Samósata, não foi curado pela Idade Média, apesar dos ataques de São João Crisóstomo, contraído por Cervantes, Swift, Rabelais, Voltaire, Dickens, Dostoiévski, Machado, Borges e tantos outros que contribuíram para a criação da prosa ocidental.

Assim como Divo, o personagem central deste romance que carrega seu nome, uma escolha já bem-humorada de batismo, os principais personagens desses carnavais viajavam, sem parar em lugar algum, saltando de peripécia em peripécia, encontrando diferentes figuras que se pareciam curiosamente com aquelas que pertenciam à sociedade da época retratada, mesmo que de maneira um pouco distorcida, para findar suas histórias. A mudança principal que o Quixote provoca — exemplo clássico desse personagem — não é em si (ele morre voltando a ser Alonso Quijano, exatamente quem era antes da novela começar), mas é no leitor e na sociedade satirizados.

O riso podia dar ao cômico um *status* inferior aos sentimentos provocados pelas lágrimas, e isso se refletia em outros campos do saber. Esta atitude de rir do mundo ao observá-lo poderia descrever as críticas a Voltaire, ele que foi acusado de mudar o mundo com o riso e ao mesmo tempo de não ser um verdadeiro filósofo, não ter proposto nenhum sistema filosófico e de ter pouco contribuído para o mundo, sendo apenas um leviano. Por outro lado, pode ser um elogio, pois seu sistema era exatamente dar um passo atrás, observar e rir do que merecia ser rido. E assim, contribuiu para o mundo. Rir é mais do que um sistema, é uma atitude filosófica.

Divo é um personagem masculino, mas é uma criação de uma imaginação feminina. Ao ler essa obra, é importante ter mente esse detalhe e principalmente que ali está Mara, rindo, um pouco quieta, passo atrás, observando o mundo. Filosoficamente.

Estamos sempre precisando do sorriso. Esse sorriso sem vazios e que desafia as ordens impostas, e por isso divinos.

João Camilo de Oliveira Torres

Sumário

1

"Mulher velha quando mija faz um buraquinho no chão, é a força que vem de dentro, de dentro do camarão."

Sou filho de baiano com sertaneja. O quinto de uma família de dez filhos. Nascemos todos num povoado chamado Coxos, perto de Ribeira do Brejo. Quando tinha 3 anos de idade, meu pai morreu. Morreu de doença, dessas que chega e mata o sujeito de uma hora pra outra. Minha mãe ficou cuidando da gente com pulso firme e amor, do jeito que ela sabia. Às vezes era muito dura com minhas irmãs. Principalmente com elas. A Dora sofria muito com o jeito da minha mãe. Ela estava mocinha, 14 anos. Queria vestir roupa bonita, ir para o forró dançar com os rapazes, ficar até mais tarde conversando com as moças na beirada do rio Sorriso. Minha mãe ficava querendo segurar as rédeas, mas Dora queria porque queria colocar flor no cabelo e olhar com os olhos compridos para o Quincas. Moço bom, trabalhador. Minha mãe não sabia mais o que fazer.

Aconteceu que de uma hora pra outra Dora começou a ficar tristonha, sem graça, num tava querendo mais dançar forró com flor no cabelo. Minha mãe ficou preocupada. Mas não se importou muito. Continuou com sua lida diária. Plantar milho, feijão, fava, leite da vaquinha. Minha mãe trabalhava de sol a sol. Nas horas vagas costurava nossas roupas com tecido bom e barato, como ela dizia. Minha mãe gostava de coisas boas, duravam mais.

O tempo passou e minha mãe nem percebeu que Dora estava engordando.

Numa certa tarde, minha mãe estava no campo quando ouviu um choro alto. Era Efigênia, minha irmã mais nova. Minha mãe saiu correndo pra ver o que era. Dora estava caída no chão, morta, perto do rio Sorriso. Tinha bebido veneno. Depois descobriram que ela estava grávida do Quincas. Pobre Dora. Quinze anos.

Quando Dora morreu, eu estava com cinco anos. Depois do acontecido, caí de cama. Fiquei ruim. Doença estranha. Tinha uma fraqueza no corpo. Fui só piorando. Minha mãe me dava tudo quanto há de chá pra eu tomar. Nada adiantava. Até que um dia fiquei desenganado. Ela me colocou em cima da mesa com uma vela em cada mão. Rezou três rosários, encomendou a minha alma. Chamou a vizinhança toda pra se despedir de mim. Só que eu não morri. Já era alta madrugada quando eu de repente me levantei. Todos que estavam lá tomaram um baita susto. Minha mãe depois desse dia dizia que eu era fruto.

2

COLÉGIO

Esqueci de falar, meu nome é Divo. Divo Macieira. Não fui na escola. Era muito longe e tinha que ajudar minha mãe na lida. Cedinho já tirava leite da nossa vaquinha. Ajudava a dibuiar o milho. Minha mãe plantava umas cem carreiras de milho num só dia. Ela fazia o buraquinho com uma vara, colocava a semente e tampava com o pé. Minha mãe era muito sábia. Já tinha feito mais de cem partos por aquelas bandas. Qualquer problema que as grávidas tinham, procuravam dona Maria Concebida.

Coisa que eu gostava de fazer era pescar. Quando tinha um tempinho, saía correndo pra a beira do rio Sorriso pra pegar umas piabas. Não tinha peixe grande no rio Sorriso. Depois de umas três horas com a minha varinha de bambu, voltava pra casa com uns peixinhos pendurados nela. A isca era minhoca. Como eu gostava de passar algumas horas sozinho na beira do rio, só com meus pensamentos!

Teve um dia que eu estava voltando à tardinha da pescaria, quando de repente vi um carro de boi grande, com três carreiras de boi. Fazia aquele barulho forte. Longe já dava pra saber que estava vindo. Parei e esperei o carro passar. Só que ele empacou. Não ia nem pra trás, nem pra frente. Foi quando o moço que estava guiando o carro começou a reclamar dos pobres dos boizinhos.

Aí aconteceu uma coisa que eu nunca mais esqueci. Estava passando um homem na estrada que falou assim:

"Qual o nome do boi que está no meio do carro?"

"Colégio", disse o moço.

"Então faz o seguinte", disse o homem que estava passando. "Tira o Colégio do meio e põe ele na frente que o carro anda."

O moço que estava guiando o carro fez exatamente o que o homem falou. Pra minha surpresa e do moço, o carro começou a andar.

Fiquei curioso pra saber quem era aquele homem.

Depois descobri, o nome dele era Candeia.

3

"ZUM ZUM ZUM, ZUM ZUM ZUM, CAPOEIRA MATA UM."

Quando cheguei em casa, perguntei pra minha mãe se ela conhecia aquele homem que eu tinha visto na estrada no fim da tarde. Disse a ela que era um homem alto, magro, negro. Fiquei tão impressionado com ele. Minha mãe disse que devia ser o Candeia. Ele era conhecido na região. Morava sozinho numa casa pequena. Minha mãe disse também que ele era uma boa pessoa, tinha o coração bom. Ajudava rezando e receitando chás; era um benzedor.

Tinha gente que tinha medo dele, diziam que era feiticeiro. Gente ignorante.

Naquele dia fui dormir com o Candeia na cabeça. Custei a dormir só pensando naquilo que ele tinha feito à tarde. Como pode fazer um carro de boi andar só trocando os bois de lugar? É, o Candeia devia ser uma pessoa muito especial mesmo.

No dia seguinte, levantei bem cedinho e falei pra minha mãe que não ia tirar leite da vaquinha. Tinha coisa mais importante pra fazer. Minha mãe perguntou o que era, eu disse que queria conhecer o Candeia. Ela disse pra eu não ficar amolando ele com curiosidade infantil. Eu nem liguei. Fui no caminho por ali abaixo perguntando onde ficava a casa dele.

Até que cheguei numa casinha pequena de pau a pique. O terreiro era grande, cheio de plantas. Ele devia conhecer bem de plantas.

A casa não tinha cerca, nem portão. Fui chegando e chamando por ele.

"Seu Candeia, seu Candeia!"

Ninguém respondia.

De repente, sinto uma mão no meu ombro. Viro pra trás, era ele.

"Quer falar comigo, garoto?"

"Quero sim."

Então ele disse:

"Entre."

Entrei na casa e tive a sensação de que já tinha ido lá. Tinha uma cozinha pequena com um fogão de lenha. Quase nenhuma panela. Não tinha mesa. Só tinha um banquinho bem velho. No pequeno quarto só tinha uma cama estreita com um colchão de palha. Nunca tinha visto uma pessoa viver com tanta simplicidade.

Voltei pra cozinha onde ele estava sentado no banquinho fumando um cigarro de palha. Disse pra ele:

"O senhor mora sozinho?"

Ele respondeu:

"Moro."

Eu disse:

"Nunca vi o senhor antes daquele dia que o senhor mudou o boi de lugar no carro e ele andou."

Ele me olhou com aqueles olhos e disse:

"Cê tava lá?"

Eu respondi:

"Tava sim, senhor."

Candeia continuava fumando seu cigarro e me disse:

"Volta aqui amanhã."

Eu fiquei cheio de vida. O Candeia me convidou pra voltar na casa dele. Fui embora cantando pelo caminho. Cheguei em casa e contei pra minha mãe. Ela me disse que o Candeia era uma pessoa muito boa, que já tinha curado muita gente de doença que médico nenhum sabia como tratar. Naquele dia dormi alegre. Queria ser uma pessoa boa e sábia feito o Candeia e a minha mãe.

Minha mãe era parteira. Já tinha posto no mundo mais de cem crianças. Sabia tudo de partage. Quando o menino estava virado, quando ia nascer antes da hora. Sabia até quando era menino ou menina. Vinha gente de longe pra ter filho com ela.

No dia seguinte, cheguei cedo na casa do Candeia. Ele já estava na cozinha tomando café.

"Dia, Candeia", eu disse.

"Dia, Divo."

Não entendi como o Candeia sabia meu nome. Não me lembrava de ter contado pra ele.

"Você tem fé em Deus, Divo? Quem tem Deus tem tudo. Quem não tem Deus não tem nada."

"Tenho sim, senhor. Minha mãe me ensinou a ter fé em Deus e respeitar os homens."

"Sou um benzedor. Não faço o mal, aqui só tem bondade. Hoje vou te ensinar a conhecer as plantas. Você conhece alguma planta?"

"Minha mãe já me mostrou algumas."

Candeia levantou do seu banquinho, acendeu um cigarro e saiu para o quintal me falando pra que servia cada planta que ele tinha. Depois me disse pra voltar no dia seguinte. Fiquei alegre. Iria passar mais uma manhã na companhia daquele homem bom.

Mais uma vez fui pra casa cantando e assobiando pelo caminho. Quando cheguei em casa, disse pra minha mãe o que tinha aprendido naquele dia com o Candeia. Perguntei se ela conhecia o barbatimão, o saião. Ela disse que conhecia sim, que o barbatimão era muito bom pra banhar as partes das mulheres que deram à luz e que o saião era bom pra limpar o ouvido.

No dia seguinte acordei cedo e fui pra casa do Candeia. Chegando lá encontrei ele sentado do lado de fora da casa, fumando um cigarro de palha.

"Dia, Candeia!"

"Dia, Divo!"

"Hoje vou te falar da sabedoria dos antigos."

Fiquei curioso.

"Você sabia que, se um passarinho pegar um fio de cabelo da pessoa e levar para o ninho dele, a pessoa fica louca?"

"Não sabia", eu disse.

"Se aparecer um fio de cabelo enrolado no dedo de uma criança, é sinal de maldição, tem que tirar o fio e rezar o Credo. Se alguém quiser matar alguém, é só pegar uma fotografia da pessoa e dar pra uma formiga levar pra casa dela. Devagar a formiga vai picando pedacinho por pedacinho até que ela pica o último pedaço. Aí a pessoa morre."

Fiquei completamente impressionado com a sabedoria do Candeia. Cada dia que passava queria saber mais e mais.

Fiquei pensado por que o Candeia me ensinava todas aquelas coisas. Ele poderia muito bem não querer me ensinar, dizer que não tinha tempo pra isso. Mas não, pra minha sorte, ele tinha todo o tempo e boa vontade pra me ensinar. Pensei que no dia seguinte iria perguntar pra ele por que me ensinava todas aquelas coisas.

E lá estava eu na porta da casa dele no dia seguinte. Perguntei:

"Candeia, por que você me ensina estas coisas todas? Você poderia simplesmente dizer pra mim não voltar mais e pronto. Mas não, você me ensina e parece que gosta de ensinar."

Ele tranquilo e calmo, como era seu jeito, falou:

"Divo, existem coisas que você só vai aprender com o tempo. Tudo é o tempo. Agora é o tempo de te ensinar. Estou ficando velho, é hora de passar o que eu sei pra uma pessoa boa como você. Quando você ficar mais velho, vai compreender. A meninice é boa, mas não se compara com a maturidade. Quanto mais se vive, mais se aprende, e, quanto mais se aprende, mais queremos ensinar as pessoas. Transmitir para o irmão em Deus o caminho pra plenitude e serenidade. Existe muita gente ruim no mundo. Precisamos ter muita fé e sabedoria pra viver nessa terra com o mal. Podemos vencer o mal, mas pra isso precisamos de muito amor no coração."

Com essas palavras do Candeia, fui embora pensando. Deus quis que ele me escolhesse pra passar tudo o que ele sabia. Com sete anos me sentia importante e ao mesmo tempo medroso. Queria ser igual a ele, mas pra isso tinha um longo caminho a percorrer.

No dia seguinte, bem cedinho, fui pra casa do mestre Candeia. Ele estava me esperando. Disse:

"Divo, hoje vou te ensinar a tirar maldição que fizerem contra você ou outra pessoa boa que você conheça."

Dizendo isso, ele pegou uma faca bem grande e começou a enterrar ela no chão. Me mostrava todas as posições e ficava falando palavras que eu não entendia, mas sabia que eram palavras poderosas.

Nesse dia fiquei impressionado de ver a força daquele homem.

Depois daquele dia, outros se passaram. A cada dia me sentia mais sabido. E uma coisa eu entendia, nunca mais seria um menino comum, igual a todos que moravam perto da minha casa. O mestre Candeia me ensinava a ser bom para o próximo, a fazer sempre o bem. Cultivar a bondade dentro do coração e deixar que ela inunde a alma. Só assim, com a alma cheia, é que seria possível limpar o mundo de toda sujeira que impede a paz, a alegria, o amor de uns aos outros.

Um dia, como era comum, eu fui na casa dele, chamei e ninguém respondeu. Achei estranho, todo dia naquela hora ele costumava me esperar já com a canequinha de café na mão e fumando seu cigarrinho de palha. Senti que alguma coisa tinha acontecido com ele.

Saí dali correndo, passei por algumas pessoas no caminho, perguntava se tinham visto o Candeia, mas ninguém sabia me responder.

Cheguei em casa, perguntei pra minha mãe se ela tinha notícia do Candeia, que ele tinha sumido. Minha mãe me respondeu que ele devia de ter viajado. Respondi que ele teria me avisado se fosse viajar.

Naquela noite não consegui pregar o olho, só pensando onde deveria estar o Candeia. Minha mãe ficou triste de me ver tão abatido.

Os dias se passaram e nada do Candeia.

Aí veio uma notícia que me deixou impressionado. Uma senhora muito antiga, que morava perto da casa dele, disse que o Candeia tinha sumido num pé de vento. Essa mulher disse também que só pessoas muito boas como era o Candeia não morriam. Simplesmente sumiam.

Fiquei feliz com a notícia.

Daquela noite em diante fiquei pedindo a Deus que me fizesse sonhar com ele.

Nunca sonhei.

O Candeia ficou guardado pra sempre no meu coração.

4

"EU SOU PIRATA DA PERNA DE PAU, DO OLHO DE VIDRO, DA CARA DE MAU, MINHA GALERA DOS VERDES MARES NÃO TEME O TUFÃO, MINHA GALERA SÓ TEM GAROTAS NA GUARNIÇÃO, POR ISSO SE OUTRO PIRATA TENTA ABORDAGEM EU PEGO O FACÃO E GRITO DO ALTO DA POPA, OPA, HOMEM NÃO."

Depois que o Candeia sumiu, fiquei um tempo meio desgostoso. Ia na casa dele, olhava as coisinhas dele, a panelinha que ele esquentava água para o café. Ficava andando nas redondezas, ia nos lugares que ele costumava colher as plantas pra fazer os remédios que ajudavam tanta gente. Pensava que era preciso ir pra longe dali. Ir pra algum lugar que eu pudesse aprender mais da vida. Já estava com treze anos. Sabia ler e escrever um pouquinho. Tinha aprendido muito com o Candeia, mas queria saber muito mais.

Então decidi que iria procurar o meu padrinho, Nonô Nicácio. Ele tinha uma casa na cidade, Ribeira dos

Brejos. Então falei com a minha mãe. Ela concordou, com o coração apertado, mas concordou. Sabia que eu já, já seria um homem e que precisava correr mundo.

No dia que fui embora, chorei. Minha mãe também. Mas era preciso.

Andei umas cinco léguas de pé, levando comigo apenas uma pequena trouxa com umas roupas. Sapato não tinha. Só tinha uma sandália que estava no pé.

Tive sorte. Peguei carona num caminhão até a cidade. Chegando lá perguntei sobre meu padrinho Nonô Nicácio. Descobri que ele tinha casado e estava morando numa fazenda.

Fiquei sem saber pra onde ir. Sentei na praça do lado de um moço com cara de quem podia me ajudar. Perguntei se ele sabia de algum lugar que eu pudesse passar a noite. Ele me indicou o bordel da cidade. Não sabia o que significava bordel, mas fui lá no lugar que ele disse.

Chegando lá, veio uma mulher, muito extravagante, perguntando o que um menino como eu estava fazendo num lugar como aquele. Eu respondi que estava com fome e cansado e que precisava trabalhar. Dona Leninha, era esse o nome dela, ficou com pena de mim, disse que eu podia entrar. Disse também que ia ver o que podia fazer por mim. Fiquei cheio de vida.

Comi um angu com costela, e depois ela me levou num quartinho nos fundos da casa onde eu poderia passar a noite. Gostei do meu primeiro dia na cidade.

Acordei cedo e pulei da cama. Saí do quarto pé por pé e fui dar na cozinha da casa. Lá estava uma moça que eu não tinha visto ainda. Ela, me vendo, fez uma cara de espanto e me perguntou:

"O que um frangote como você está fazendo aqui?"

Eu respondi:

"Uai, foi a dona Leninha que me deu comida e disse que eu podia passar a noite aqui."

O rosto dela desanuviou, e ela me disse:

"Ah, bom. Se foi a Leninha, então tá tudo certo. Como você se chama?"

"Divo, e você?"

"Carminha. Você quer café com pão, Divo?"

"Quero sim, muito grato."

Fiquei na cozinha tomando café com a Carminha e contando como tinha chegado até ali. Ela me falou que aquele lugar era pra homens. Que morava lá mais de dez mulheres. Que ela só trabalhava limpando e arrumando a casa e fazendo comida pra elas. Carminha me disse também que elas trabalhavam até tarde da noite, por isso só acordavam depois das nove. Que será que elas faziam até tarde da noite, pensei calado. Lugar só pra homens. Que trabalho que elas faziam com os homens?

Resolvi dar uma volta na cidade. Passei em frente da igreja, que era bem ao lado do bordel, e cheguei na pracinha. Pra minha surpresa, o mesmo homem que tinha me dito pra ir pra casa da dona Leninha estava sentado num banco.

Cheguei perto dele e perguntei:

"O senhor lembra de mim?"

"Lembro sim. Você é o menino que eu indiquei o casqueiro da cidade pra passar a noite. A Leninha te recebeu?"

"Sim. O que é casqueiro?"

"É um lugar que as mulheres dormem com os homens e ganham dinheiro pra isso. Você não sabia, garoto?"

"Não, senhor. Como assim dormem?"

"Fazem amor com elas. Você sabe o que é fazer amor?"

"Sei não, senhor."

"É o jeito que a natureza tem pra fazer uma mulher ficar esperando criança."

"Ah, bom! Minha irmã morreu assim. Então ela deve ter feito amor com algum homem."

"Isso mesmo."

Me despedi do senhor e voltei para o casqueiro.

Entrei pela cozinha e dei de cara com a dona Leninha. Ela me perguntou:

"Oi, Divo, como passou a noite?"

"Muito bem, dona Leninha. Deus abençoa a senhora!"

"Vem cá na sala que eu vou te apresentar as minhas meninas."

Quando entrei na sala, vi um tanto de mesa com cadeira e algumas moças bonitas sentadas. Dona Leninha foi me apresentando uma por uma. Depois me disse:

"Divo, se você quiser, pode ficar no quartinho dos fundos. Estamos precisando mesmo de um rapazote pra ajudar a Carminha e as meninas no que for necessário."

"Quero sim, senhora. Foi Deus mesmo que me trouxe até aqui. Muito grato."

Uma das moças, a Eulália, foi logo me pedindo:

"Divo, vai na farmácia e me compre um cheiro, o meu acabou. Ponha na conta da Leninha."

5

Mato tem olho, parede tem ouvido

Fiquei um bom tempo no casqueiro ajudando dona Leninha com as meninas. Aprendi muitas coisas com elas. Aprendi que as mulheres são como flores, a parte mais bonita das plantas.

Meu padrinho Nonô Nicácio finalmente apareceu por aquelas bandas. Fiquei sabendo que ele estava na cidade e perguntei para as pessoas, até que o dono da farmácia me disse que ele estava na pensão da dona Cleonice. Fui até lá e fiquei esperando por ele na porta da pensão.

Não me lembrava da feição dele. Mas a dona Cleonice disse, quando ele chegou, que tinha um rapazote esperando por ele. Foi me vendo e perguntou:

"Quem é você, rapaz?"

"Sou seu afilhado, meu nome é Divo. Sou filho da Maria Concebida, parteira."

"Ah, sim! Filho da dona Bida. O que você quer de mim, meu rapaz?"

"Vim pra cidade pra trabalhar e aprender como ser um homem de bem. O senhor pode me ajudar?"

"Posso sim. Agora moro na fazenda Mangabeira. Se quiser posso te levar comigo."

"Quero sim, senhor. Vou buscar minhas coisas no casqueiro, onde estou trabalhando pra dona Leninha."

"Ótimo!", disse o padrinho.

Fui para o casqueiro e foi uma choradeira só quando disse que iria embora.

"Vai embora não, Divo. Gostamos tanto de você aqui", diziam elas.

"Tenho que ir. A vida é assim mesmo. Tem hora que o destino chama a gente pra tomar outros rumos. Prometo que venho pra visitar vocês. Muito agradecido por tudo que fizeram por mim. Nunca mais esquecerei vocês."

Me levaram até a porta.

Fiquei com os olhos marejados. Mas alguma coisa me dizia que ainda me encontraria com elas.

Cheguei na pensão e fiquei esperando na porta. O meu padrinho se encontrou comigo e me disse:

"Vamos pra fazenda, Divo. Você vai gostar de lá."

"Vamos sim, padrinho. Não tenho medo de serviço."

O Nonô Nicácio pegou uma rural verde, toda empoeirada, e me disse:

"Sobe. De agora em diante você será meu braço direito. A fazenda está a umas quatro horas de viagem."

Dizendo isso, o Nonô imbicou a rural pela estrada afora, levantando poeira. Só parou na venda do Chico pra comprar algumas coisas que estavam faltando. Sal, fumo de rolo, querosene.

Chegamos na fazenda depois de muito sacolejo na estrada.

Era uma fazenda enorme. Cheia de plantação, gado, cavalo. Fiquei impressionado com o tamanho dela. Os olhos não viam o final.

O padrinho me apresentou para os empregados. Todos me receberam muito bem. Diziam que eu ia gostar de trabalhar lá, que o Nonô era um ótimo patrão.

Fui logo ficando num quartinho perto da cozinha. Coloquei as poucas coisas que eu tinha num cantinho e fui beber café.

Na cozinha estava a comadre Maria do Socorro. Cozinheira e arrumadeira da casa. Foi logo me perguntando:

"Como é seu nome?"

"Divo", eu disse. "E o seu?"

"Maria do Socorro. Quantos anos você tem?"

"Quinze. Por quê?"

"Nada não. Só pra saber. Você já conhece a mulher do seu Nonô? A Zizi?"

"Não, nem sabia que o padrinho tinha mulher."

"Ela saiu de carro. Já deve estar voltando."

Dizendo isso, a comadre acabou de passar o café, que eu tomei com muito gosto.

Fui dar umas voltas pela fazenda. No caminho, conheci o Osvaldo, um dos empregados. Ele foi logo me dizendo:

"Você já conhece a Zizi, Divo?"

"Não", respondi.

"Ah, bom. Daqui a pouco você vai conhecer."

Continuei minha caminhada pela fazenda. O sol já estava baixo quando vi passar perto de mim um Citroën branco, sem capota, dirigido por uma mulher. Não vi direito a feição dela. Pensei que poderia ser a Zizi. Voltei pra casa, e vi o Citroën parado na porta.

Quando entrei, tomei um susto. Vi uma mulher morena, com os cabelos muito pretos, olhos pretos feito jabuticaba, grandes e brilhantes. Fiquei impressionado com a beleza dela. Foi logo sorrindo pra mim e dizendo:

"Você é o Divo? A comadre Socorro já me disse que você é o afilhado do Nonô. Seja bem-vindo, Divo. Meu nome é Zizi."

Dizendo isso, Zizi me estendeu a mão, que peguei com muito gosto.

Guardei aquela imagem no meu pensamento. Acho que nunca vi uma mulher tão bonita.

No dia seguinte, acordei cedo e fui tomar o café da comadre. Logo depois cheguei no curral, e lá estava o Osvaldo. Ele me disse:

"Bom dia, Divo! Sabe tirar leite de vaca?"

"Sei sim."

Peguei a maminha da vaca e apertei. Não saiu nada. Fiquei triste. O Osvaldo me consolou.

"Fica triste não, Divo, a vaca logo, logo se acostuma com você."

Fiquei mais animado. No dia seguinte seria melhor, tinha certeza.

Depois de passar toda a manhã no curral, fui almoçar a comida da comadre. Que comida boa! Acho que nunca tinha comido tão bem assim.

Elogiei. Ela ficou toda cheia de vida, com os olhinhos brilhando.

De tarde, o padrinho veio falar comigo. Perguntou se eu tinha gostado da fazenda e de tirar leite. Eu respondi que tinha gostado sim. Disse que o Osvaldo era muito boa pessoa. O padrinho me perguntou também se eu tinha conhecido a Zizi. Disse que sim. Ele sorriu e me falou que iria, no dia seguinte, para as bandas do Taquaril ver umas terras. Mas disse que não iria demorar, chegaria no final da tarde. Respondi que ele fosse tranquilo.

No dia seguinte, bem cedinho, ele saiu.

Tomei meu café, com um biscoito frito feito pela comadre Socorro.

Fui para o curral tirar leite das vaquinhas. Dessa vez consegui tirar. Sabia que ia pegar o jeito. Fiquei alegre.

Depois do almoço, fui caminhar pela fazenda, conhecer o milharal, a horta, o pomar. Fiquei espantado de ver o milharal, como estava bonito e alto! Passando por ele, achei estranho. Uma pessoa gemendo no meio dos pés de milho. Quem seria? E por que gemia? Será que estava sentindo dor? Fui chegando perto, pé por pé, abri a moita devagarinho e tomei um baita susto. Era a Zizi agarrada com um empregado da fazenda, o Tonho. Ele beijava ela, deitado em cima dela. Ela achando bom. Fiquei assustado. Saí de perto devagarinho, pra ninguém me ver. Fiquei preocupado. Será que o padrinho sabia que a Zizi se deitava com o Tonho? E agora? O que que eu devia fazer? Contar ou não contar para o padrinho?

Fui pra casa com a visão da Zizi nua se agarrando mais o Tonho. Como ela era bonita! Que corpo! Que pele bonita!

Pensei, pensei a noite inteira. O padrinho chegou e eu não falei nada. Disse que estava tudo bem.

Acordei cedinho e, como de costume, tomei meu café e fui tirar leite.

Puxei assunto com o Osvaldo. Perguntei pra ele se achava a Zizi bonita. Ele me respondeu que achava muito bonita, mas que Deus não permita que o padrinho saiba. Se ele soubesse que tinha marmanjo olhando com admiração pra Zizi, ele ia ficar com raiva. O Osvaldo me disse que o padrinho era muito ciumento. Disse também que todos os empregados da fazenda achavam a Zizi bonita demais. E boa também. Nunca mandou ninguém fazer nada pra ela. Nem favor, nem nada. Tratava todo mundo bem, sem achar que era superior. Defendia o empregado o quanto podia junto ao padrinho Nonô Nicácio.

Fiquei encantado de ver como o Osvaldo falava da Zizi. Parecia que ele estava falando de um anjo. Isso que a Zizi era, um anjo.

Pensei, pensei, e achei melhor contar para o padrinho que tinha visto a Zizi com o Tonho no milharal.

Fiquei esperando do lado de fora da casa, até que ele chegou.

"Você está me esperando, Divo?"

"Tô sim, padrinho. Tenho uma coisa pra falar para o senhor."

"O que é?"

"Tô meio sem jeito, mas tenho que falar."

"Fala de uma vez, Divo, estou ficando curioso."

"É que ontem, quando o senhor estava fora, eu fui passear pela fazenda e vi uma coisa que o senhor não vai gostar de saber."

"Que coisa, Divo?"

"Eu vi a Zizi com o Tonho agarrados no meio do milharal."

"Você tem certeza, Divo? Viu se era a Zizi mesmo?"

"Vi sim, senhor. Era ela. Achei que o senhor devia saber."

"Fez bem em me contar, Divo."

O padrinho disse isso já vermelhinho de raiva.

"Ela vai ter o que merece. E, quanto ao Tonho, vou botar no olho da rua."

Dizendo isso, o Nonô foi andando pela casa, berrando o nome da Zizi. Só parou quando encontrou ela deitada no quarto. Foi logo dizendo:

"Sua rapariga, estava se agarrando com o Tonho no milharal, né? Você me paga Zizi!"

Dizendo isso, o padrinho tirou o cinto da calça e começou a bater nela. Zizi gritava, pedia pelo amor de Deus que não fizesse isso com ela. Tudo em vão. O padrinho estava enfurecido. Parecia até um capeta.

Depois de surrar a Zizi, o padrinho disse que agora em diante ela ia ficar em casa, sem sair. E que, na ausência dele, eu ia dormir no quarto dela.

O padrinho saiu do quarto e me pediu pra vigiar a Zizi. Que só confiava em mim pra isso.

6

"SAUDADE PALAVRA
TRISTE QUANDO SE PERDE UM
GRANDE AMOR, NA ESTRADA
LONGA DA VIDA EU VOU
CHORANDO A MINHA DOR... MEU
PRIMEIRO AMOR..."

Nunca pensei que iria ficar perto de uma mulher tão bonita feito a Zizi. Também nunca pensei que o padrinho ia me mandar dormir no quarto dela quando ele estivesse viajando.

Fiquei cheio de vida, todo alegre, esperando o dia que o padrinho ia viajar. Dormir no quarto da Zizi. Nossa, que emoção. Sentir o cheirinho dos cabelos dela. Ficar vendo aquele anjo dormir.

Até que esse dia chegou.

O padrinho, antes de viajar, me disse:

"Divo, você vai dormir num colchão no chão do quarto da Zizi. Vai ficar vigiando ela pra mim. Em você eu confio."

"Pode ir sossegado, padrinho. Vou cuidar muito bem da Zizi."

Assim, o padrinho se despediu e foi fazer a viagem.

Como era de manhã, esperei a Zizi acordar e disse a ela que naquela noite eu ia dormir no quarto dela, num colchão no chão. Ela perguntou por que isso agora. Eu respondi que era ordem do padrinho. Ela então não disse mais nada. Foi tomar o ar fresco da fazenda, como era o seu costume.

Eu não podia me controlar de tanta ansiedade. Como seria ficar tão perto daquela mulher tão linda? Fiquei contando os minutos pra noite cair.

Finalmente anoiteceu. Eu jantei na cozinha com a comadre. Depois peguei o colchão e bati na porta do quarto da Zizi. Ela abriu a porta e me disse:

"Divo, onde você quer pôr o colchão? De que lado da cama?"

"Qualquer lugar tá bom pra mim, Zizi."

Então coloque ali, no cantinho da cama, onde ela indicou, e deitei.

"Já vai dormir, Divo?"

"Ué? O padrinho me pediu pra dormir aqui com você."

"Não precisa dormir agora se não quiser. Podemos conversar. Senta aqui na beirada da cama pra gente conversar."

Já estava suando frio quando a Zizi me disse isso. O que eu ia conversar com ela?

"Senta aqui, Divo. Eu não mordo."

Devagar fui chegando perto. Sentei nos pés da cama, tremendo de tanta emoção.

"Quantos anos você tem, Divo?"

"Dezessete", menti.

"Você é um rapaz muito bonito. Já teve alguma namorada?"

"Não, nunca", eu respondi.

"Daqui a pouco você arranja, você vai ver."

"É."

"Agora você pode dormir, se quiser."

Deitei devagar no meu colchão.

"Boa noite, Zizi!"

"Boa noite, Divo! Dorme com Deus."

Quando acordei, a Zizi ainda estava dormindo. Tomei café e fui para o curral.

Voltando do curral, encontrei a Zizi se balançando na rede do lado de fora da casa.

“Bom dia, Divo”, ela me disse.

“Bom dia, Zizi.”

Entrei na casa e fui me lavar pra ir para o galpão de fazer queijo.

Trabalhei o dia inteiro ansioso pra chegar a noite, só pra dormir de novo perto da Zizi.

Jantei e fui bater na porta do quarto novamente. Ela respondeu lá de dentro:

“Entra, Divo, a porta está aberta.”

Entrei devagarzinho, todo envergonhado, e disse pra ela:

“Boa noite, Zizi, vou deitar.”

Ela respondeu:

“Não deita agora, não, Divo, senta aqui pra gente conversar um pouco.”

Tremendo igual vara verde, sentei ao lado dela.

“Divo, posso te fazer uma pergunta?”

“Pode.”

“Você já se deitou com alguma mulher?”

Já estava roxo de vergonha. Respondi:

“Não, nunca.”

“Você já beijou alguma mulher?”

“Não, nunca.”

“Posso pegar na sua mão?”

“Pode.”

“Não precisa ficar assim, com vergonha, tremendo, suando frio.”

Dizendo isso, Zizi passou a mão no meu cabelo e me deixou cheio de vida. Tá chegando. Pensei calado.

“Agora você pode dormir, Divo. Até amanhã. Dorme com Deus.”

“Até amanhã, Zizi.”

Naquela noite sonhei que estava beijando e abraçando a Zizi. Acordei alegre. Fui pra minha lida no curral.

De tarde, não vi ela. A comadre Socorro me disse que ela já estava no quarto. Fiquei mais tranquilo.

Como todas as noites, bati na porta do quarto.

Ela me disse pra entrar.

Essa noite, diferente das outras, sentei do lado dela na cama.

Ela não disse uma palavra. Passou a mão no meu cabelo com carinho. No meu rosto. Ficou pertinho de mim e me deu um beijo, suave, na boca. Quase morri. Depois tirou a minha camisa e me deitou na cama dela. Pensei que estava sonhando, mas não, era a mais pura realidade. Fiz amor com a Zizi, dormi do lado dela, como foi maravilhoso. Virei homem.

7

"Meu coração tem mania de amor, amor não é fácil encontrar..."

No dia seguinte, depois da noite de amor, fiquei leve, alegre, cheio de vida. Mas logo a realidade veio ao meu encontro. O padrinho tinha chegado da viagem. Foi logo me perguntando:

"Oi, Divo, como foi com a Zizi? Tudo bem?"

Minhas mãos ficaram tremendo. Respondi:

"Sim, padrinho, tudo bem."

"Ah, que bom. Queria te dizer, Divo, comprei um armazém na cidade. Pensei em você ir trabalhar lá. É na cidade, você já está na idade de namorar. Aqui na fazenda não tem moças pra você conhecer. O que você acha?"

Meu coração esfriou na hora. Sair de perto da Zizi. Parecia até que o padrinho sabia do que tinha acontecido na noite anterior.

"Ué, padrinho, vou sim. Se é o senhor que está pedindo..."

"Ótimo, pode arrumar suas coisas que amanhã mesmo a gente vai."

Fiquei triste. Andei pela fazenda a tarde toda. Longe da Zizi. E agora? Não tinha outro jeito. Tinha que ir.

Na manhã seguinte, despedi da comadre Socorro, do Osvaldo, dos outros empregados da fazenda e da Zizi.

Ela me olhava com tanto carinho. Nunca mais me esquecerei dela.

O padrinho ficou falando na viagem toda de como seria a minha vida agora. Eu teria responsabilidades, tomaria conta das mercadorias. Ele estava todo animado com esse seu novo negócio.

Eu, por outro lado, estava pensativo, quieto. Ele ficava me perguntando o que eu achava disso tudo. Eu respondia só que achava bom.

Meu coração estava partido. Quando é que eu ia ver a Zizi de novo? Talvez nunca mais. Como eu ia fazer pra viver sem ela? Estava apaixonado.

8

"Eu demoro, mas aqui eu vou morrer..."

Chegamos na cidade. O padrinho estava todo alegre com o armazém. Paramos o carro na frente dele. Era um galpão grande, ainda vazio, mas que logo ficaria cheio da produção das fazendas da região.

Fui com o padrinho pra pensão da dona Cleonice. Ia ficar hospedado lá, mesmo quando o padrinho não estava.

À noitinha, fui para o casqueiro encontrar minhas amigas. Dona Leninha me recebeu de braços abertos.

"Oi, Divo! Que alegria te ver por aqui. Entra. Vou chamar as meninas."

Passei horas na casa da dona Leninha com as meninas. Rimos e contamos casos do tempo que morei lá.

Naquela noite conheci o Ercílio. Um homem maduro, muito amigo da dona Leninha e das meninas. Ele gostou de mim. Disse que ia me ensinar a conquistar a mulher que eu quiser. Gostei dele. Logo de cara, ele tirou um pedaço de ferro do bolso e me disse:

"Sabe o que é isso aqui, Divo?"

Respondi que não sabia.

"Isso aqui é ímã. Serve para o que for de metal grudar nele. Sabe por que eu estou com esse no bolso da camisa? É pra atrair as mulheres. Já conquistei muitas mulheres com esse ímã. Funciona que é uma beleza."

Outra coisa que o Ercílio me ensinou foi carregar comigo sempre um lenço de seda no bolso. Faz uma falta danada, ele me disse. Perguntei pra que servia. Ele me respondeu que era pra proteger a mão quando alguém tentasse me cortar com navalha. Pegando, com o lenço de seda, a navalha pelo fio, não cortava a mão.

Pensei calado, será que teria que me proteger contra navalhada alguma vez na vida? Em todo caso, não custava nada carregar um lenço de seda no bolso. Gostei muito do Ercílio. Era como se eu fosse o aprendiz dele. Me ensinava muitas coisas da vida, principalmente, como um homem devia tratar as mulheres. Com carinho, sempre dar um abraço antes de tudo. O jeito de fazer amor que elas mais gostavam. Essas coisas de homem vivido.

O tempo foi passando, fui fazendo novas amizades e acabei esquecendo a Zizi. Melhor assim. Ela não era pra mim mesmo. Esposa do padrinho.

Comecei a frequentar um bar chamado Bar do Suca. Ali aprendi a tocar pandeiro. Fazia de tudo com o instrumento. Jogava pra cima, rodava num dedo só, acompanhava qualquer música. Fiquei conhecido como "Divo do pandeiro".

Namorava muito também. A Ruth, a Lurdinha, a Doralice, a Maria das Dores. As mulheres gostavam de se deitar comigo. É porque eu tinha umas pituquinhas na ponta da minha pateta. Davam sensatura nelas.

Fiz muita amizade também. Conheci o João Capeta, o Senhora, o Lorinho. Esse Lorinho não arrumava mulher nenhuma. Na hora de ficar com elas, ele começava uma fungação. Só fungando. Parecia que tinha alergia. Nunca me esqueci do Lorinho. Tinha esse apelido porque era branco feito papel, e com o cabelo muito loiro.

Um dia fui me deitar com a Conceição, na pensão onde eu morava. A Conceição tinha um homem que dava as coisas pra ela, o Agrinaldo.

Quando a gente estava no quarto, escutei o Agrinaldo chamar ela aos berros dentro da pensão. Pensei: agora ferrou. Comecei a vestir a roupa, ela começou a chorar de medo dele. Era um homem bom, mas não podia bulir com a mulher dele.

Só sei que de repente ele entra no quarto e tira uma navalha do bolso. Peguei meu lenço de seda e segurei a navalha dele. Ele conseguiu me acertar na barriga, mas consegui jogar a navalha no chão. De repente, ele tira um revólver Mauser 32 da cintura. Eu olhei e comecei a tentar tirar o revólver da mão dele. Quando o revólver disparou e eu vi que tinha acertado o Agrinaldo, pensei: agora vou ser preso, matei o Agrinaldo.

Com a barriga sangrando, desci por ali abaixo e com muito custo cheguei na estação de trem. Precisava fugir dali. Com certeza eu seria preso. A estação estava com uma manada de gente. Fui passando até chegar no trem que ia me levar pra bem longe. Não despedi de ninguém. Nem sei pra onde estava indo. Só sei que tinha que me livrar da culpa pela morte do Agrinaldo. Fiquei preocupado com meu padrinho Nonô Nicácio. Ele foi tão bom pra mim, tinha me ajudado tanto, e eu fiz essa desfeita com ele. Matar um homem. Minha barriga doía muito. O trem começou a andar.

Graças a Deus.

9

"Vesti uma camisa listrada e saí por aí..."

Depois de uma longa viagem, cheguei ao destino. Desci do trem. Estava fraco, com fome, sem dinheiro e sem conhecer ninguém naquela cidade. Tudo que podia fazer era ficar ali na estação, a espera de alguma oportunidade de trabalho ou de alguém pra me ajudar. Pedi a Deus em oração.

Depois de algum tempo ali, apareceu um homem alto, chapelão, roupa amarela. Chegou perto de mim e me disse:

"Ei, rapaz, está precisando de trabalho?"

"Estou sim, senhor", respondi.

"Tenho uma fazenda aqui perto. Se quiser, pode vir comigo. Você já trabalhou em fazenda?"

"Já sim, senhor. Sou retireiro de leite."

"Ah, bom. Minha carroça está logo ali. Vamos então."

Durante o caminho o fazendeiro me perguntou:

"O que foi isso na sua barriga?"

"Foi nada, não. Apenas uma briga. Levei uma navalhada."

"Quando chegar na fazenda, vou pedir a comadre Esmeralda pra olhar isso."

Depois de dizer isso, fomos em silêncio por todo o caminho. O homem não era de muita prosa.

Finalmente chegamos. Fazenda grande, com muito gado. Logo ele me apresentou pra sua senhora, a dona Eulália. Pediu que ela me levasse até a comadre Esmeralda pra olhar a minha barriga.

Dona Esmeralda lavou o ferimento com infusão de ervas. Me lembrei do Candeia. Na hora melhorou a dor. Fiquei muito grato.

Dona Eulália arrumou um quartinho pra mim e me disse:

"Você vai ficar aqui. O Antônio, meu marido, pediu pra você descansar hoje. Vou pedir pra minha filha te trazer um prato de sopa."

Dizendo isso, dona Eulália saiu. Achei ela bondosa. Fiquei grato.

Peguei no sono. Quando despertei, tinha um prato de sopa com um pedaço de pão em cima da mesinha ao lado da cama. Comi tudo. Estava com muita fome. Minha barriga estava bem melhor graças a Deus. Tornei a pegar no sono. No outro dia, tinha que acordar cedo.

No dia seguinte ainda estava com a barriga dolorida. O machucado estava fechado. Mas acho que foi fundo o corte. Fiquei uns quatro dias de repouso.

Depois desse tempo, quando acordei, ainda estava escuro. O galo cantou. Estava na hora de levantar. Levantei, lavei o rosto na bica do lado de fora do quartinho. Entrei na cozinha da casa. Dona Eulália já estava com o café coado. Me perguntou como me chamava. Respondi. Ela me disse que tinha três filhas, nenhum filho homem. Disse também que simpatizou comigo. Fiquei alegre. Já era um bom começo.

Tomei meu café com broa de fubá e comi uma banana. Estava satisfeito.

Logo apareceu uma moça branquinha, cabelo amarrado. Olhou pra mim e disse:

"Me chamo Dionísia. Sou a filha mais velha do seu Antônio. Eu que levei sopa pra você nesses dias que você estava recuperando. Vi que comeu tudo. Que bom."

"Muito agradecido por ter me levado sopa. Deus abençoa."

Dionísia ficou alegre. Vi nos seus olhos que gostou de mim.

Logo apareceu na cozinha o dono da fazenda, seu Antônio.

"Está melhor hoje, rapaz? Acha que consegue tirar leite?"

"Estou bem melhor sim, senhor. Consigo sim."

"Ótimo. Venha que vou te apresentar para os outros empregados."

Segui o patrão até o curral. Lá conheci o Juca, o Leôncio e o Efigênio. Todos me receberam muito bem. O seu Antônio disse pra me explicarem a rotina do serviço. Me disseram que eu tinha chegado na hora certa. Tinha muito serviço ali. A fazenda era grande, tinha muito gado. Tinha que roçar a terra pra plantar braquiara para o gado. Vida de peão naquelas bandas não era fácil. Eu disse que estava acostumado. Não tinha medo de serviço, só precisava mesmo era de aprumar o corpo. Tinha levado uma navalhada na barriga, mas já estava melhorando. Com o passar dos dias, sabia que ia dar conta do serviço.

Tirava um pouco de leite e descansava, tirava mais um pouco e descansava. A navalhada não foi brinquedo. Mas com o passar dos dias, tudo foi chegando no lugar.

As filhas do seu Antônio eram bonitas. Todas as três. A mais velha foi a que mais simpatizou comigo. Desde o primeiro dia. Ela foi levar a sopa pra mim, mas eu tinha pegado no sono, por isso não conheci ela naquele dia. Dionísia. Bonita moça, mas um pouco sem vaidade. Estava acostumado com as moças da cidade. Tinham os cabelos soltos, perfumosos. Dionísia não.

Sempre com os cabelos amarrados. Também, naquelas bandas, não tinha por que usar os cabelos soltos. Era só lida com vaca, boi, bezerro. Não sabia como as moças e os rapazes faziam pra encontrar.

Depois de um tempo, fiquei sabendo que ia ter um forró na fazenda ao lado. Todos estavam animados pra ir. As três moças só falavam nisso. Também fiquei animado. Quem sabe não conhecia uma boa moça e ficava por aquelas bandas mesmo?

Chegou o dia do forró. Fui com uma roupa que a dona Eulália arranjou pra mim. Tinha chegado na fazenda com a roupa do corpo. Até que fiquei arrumado. Bonito não digo. Não acho homem bonito. Mas estava penteado e banhado.

Fomos todos em duas carroças.

Fiquei impressionado com a beleza da Dionísia. Pele clara, cabelos claros, cacheados. Vestido marcando a cintura. Uma beleza.

Chegando na fazenda dos coqueiros, escutamos o choro da sanfona. Já fiquei alegre. Quando fomos aproximando da casa, vi aquela manada de gente dançando, bebendo cachaça. Mulher dançando com mulher, homem dançando com mulher. Torcia pra que todos que estavam ali fossem de paz. Lugar com muita gente, sempre dá confusão.

Chamei Dionísia pra dançar. Ela sorriu e pegou na minha mão. Tá chegando, pensei calado. Dançamos umas três músicas. Outros rapazes quiseram dançar com ela, mas ela só queria dançar comigo. Fiquei cheio de vida.

Na hora de ir embora, fomos de braços dados até a carroça. A mãe e o pai dela não gostaram muito de ver nossa intimidade. Ficamos amigos, quê que tem?

No dia seguinte, cedo, eu fui tomar meu café na cozinha, como de costume. Achei dona Eulália diferente comigo. Não falei nada. Fui calado para o curral tirar leite. Naquele dia apareceu uma cobra "cascavéio" lá.

Mal sinal. Lembrei do Candeia. Fiz uma oração pra nossa senhora proteger. Sou muito fiel a nossa senhora.

Depois do almoço, vi Dionísia tratando das galinhas. Cheguei perto dela e perguntei:

"Seu pai mais sua mãe tão chateados comigo por alguma coisa que eu fiz?"

"Não, Divo, de forma nenhuma. Você não fez nada. A gente só conversou um pouco. Minha mãe e meu pai são assim mesmo. Só estão preocupados com o meu futuro. Já estou na idade de casar. Mas aqui nessa lonjura é difícil arranjar namorado, quanto mais marido."

De noite, depois da janta, o seu Antônio me chamou pra conversar na varanda da casa. Já sabia o assunto: Dionísia.

Fui tranquilo. Quem não deve, não teme.

Seu Antônio foi logo dizendo:

"Divo, não quero que fique chateado com a gente."

"De jeito nenhum, seu Antônio, chateado com o quê? O senhor confiou em mim, me trouxe pra dentro da sua casa. Só tenho que agradecer."

"Eu sei que você é um moço bom, trabalhador. Mas é que já arranjei um marido pra Dionísia. É um filho de um compadre meu, lá de goiás."

"Claro, seu Antônio, o senhor tem toda razão. Eu gosto muito da Dionísia, mas eu quero o que for melhor pra ela. Eu sou um zé-ninguém, um pé-rapado. O senhor tem razão de escolher um moço fazendeiro pra ela."

"Que bom que você entende, Divo."

Dizendo isso, o patrão foi entrando pela casa.

Pobre Dionísia. Casamento arranjado não costuma dar certo. Ela é uma moça tão boa, trabalhadeira. Deus e nossa senhora protege ela. No dia seguinte, pedi pra seu Antônio acertar comigo. Já era hora de voltar. Não podia viver fugido.

10

"EU SOU UM NEGRO GATO DE ARREPIAR... UM DIA LÁ NO MORRO, POBRE DE MIM, QUERIAM MINHA PELE PARA TAMBORIM, APAVORADO, DESAPARECI NO MATO, EU SOU UM NEGRO GATO..."

Peguei o trem e cheguei na cidade de Ribeira do Brejo. Desci devagar, olhando pros lados. Perguntei ao engraxate da estação se ele sabia se meu padrinho Nonô Nicácio estava na cidade. Ele me respondeu que não sabia. Então, fui andando na direção do armazém, com medo de que alguém me reconhecesse na rua. Cheguei lá e tive sorte. Meu padrinho estava na porta. Foi logo me dizendo:

"Oi, Divo, onde é que você se meteu rapaz? Tava preocupado com seu sumiço."

"Fiquei com medo de ser preso, padrinho. Atirei sem querer no Agrinaldo. Ele morreu?"

"Ah, então foi por isso! Morreu nada. Tá bonzim. Todo dia vem uma moça aqui perguntando por você. Ninguém entendeu por que você sumiu. Mas, graças a Deus, você está de volta."

“Não seria bom, padrinho, eu me apresentar na delegacia?”

“Que nada. Cê acha que o delegado Joaquim tem coragem de fazer alguma coisa contra um afilhado meu? Inda mais porque o Agrinaldo está vivinho da silva. Fica preocupado não. Pode começar a trabalhar hoje. Estou precisando muito de você aqui.”

“Vou lá na pensão tomar um banho, trocar de roupa e venho.”

Meu padrinho achava que o Agrinaldo não tinha coragem de fazer alguma coisa comigo. Mas eu não achava não. Fui bulir em caixa de marimbondo. O Agrinaldo era sorrateiro, parecia que era manso, mas não era. Pensei calado, achava melhor sair da cidade, conhecer lugar diferente, gente diferente. “Aqui não tem nenhuma moça que eu queira casar. Quero ter uma família.” Decidi que ia falar com o padrinho, naquele dia mesmo.

Tomei um banho, troquei de roupa e voltei para o armazém. O padrinho estava me esperando na porta. Disse pra ele que queria ir embora. Ele tentou me convencer a desistir da ideia. Mas, finalmente, concordou. Ainda me deu um dinheiro e uma carroça com um cavalo.

Peguei a carroça, fui em direção ao Matuto. Chegando lá peguei o caminho das cachoeiras. Passei por várias até chegar na do Urubu. Desci da carroça, tirei a roupa e entrei naquela água limpinha, fresquinha. Não tinha ninguém. Fiquei ali um bom tempo. Meu cavalo precisava beber água. Deitei numa pedra e fiquei ali pensando, lembrando da minha mãe, do Candeia. Como será que minha mãe estava? Há anos não via ela, nem tinha notícia.

Resolvi seguir viagem. Já estava ficando tarde. Fui até um arraial chamado Santana. Gostei do lugar. Tinha apenas algumas casinhas simples, uma vendinha, uma igrejinha e algumas fazendas em volta.

Desci da carroça e perguntei ao moço da venda se ele sabia se tinha algum fazendeiro precisando de retireiro de leite. Eu era muito bom com as vacas. Elas gostavam de mim, por isso deixavam eu tirar tanto leite das tetas delas.

Seu Moisés, esse era o nome dele, me disse que não sabia de ninguém. Mas que eu fosse na fazenda do seu Quelé. Era a que tinha mais gado. Perguntei se tinha um lugar onde eu podia pousar aquela noite. Ele me respondeu que eu pousasse nos fundos da venda dele. Tinha me achado um bom rapaz, trabalhador. Gostei. Comi um pão com linguiça da venda dele e fui deitar numa caminha estreita nos fundos da venda.

No dia seguinte, levantei cedo, agradeci o seu Moisés o pouso, tomei um café e fui na direção da fazenda do seu Quelé.

Chegando lá, conversei com um empregado da fazenda que me disse que o seu Quelé estava mesmo precisando de um retireiro. Bom sinal.

Esperei cá fora da porteira, até que um homem baixo e magro, fumando um cigarro de palha, se aproximou de mim e disse:

"Bom dia, rapaz! Está querendo trabalhar?"

"Estou sim, senhor."

"Você tem costume de tirar leite de vaca?"

"Tenho sim, senhor. Trabalho com isso desde menino."

"Tá bom, pode entrar com a sua carroça. Para debaixo do pé de manga e espera que o Júlio vai te levar no curral pra ver se você é bom mesmo como diz."

Assim eu fiz. Fiquei esperando, até que um moço negro, alto, veio me perguntar se eu, baixinho e franzino, sabia mesmo tirar leite.

Não respondi nada. Só caminhamos para o curral e agarrei as tetas da vaquinha. Tirei leite à reveria. Todos ficaram bobos de ver como eu conseguia tirar tanto leite.

Fui contratado.

Naquele mesmo dia, o Júlio disse que ia me mostrar onde dormir. No dia seguinte, ele ia me mostrar os compradores de leite, um por um. Meu serviço seria tirar o leite cedinho e depois entregar para os fregueses.

Dormi o sono dos justos. Estava cansado e satisfeito ao mesmo tempo. Tudo estava dando certo. Tinha emprego e lugar pra dormir. Depois de acordar cedo, tomei um café, comi um pedaço de queijo e fui tirar o leite das vaquinhas.

Como combinamos no dia anterior, o Júlio me ajudou a colocar o leite na carroça e fomos descendo por ali abaixo entregando.

Quando chegamos numa casa branca de janela azul, aconteceu uma coisa boa. Vi uma moça bonita, alta, maior do que eu, com lindas pernas grossas. Fiquei encantado. O pai dela veio de dentro da casa e disse:

"Muito boas tardes. Você, rapaz, eu não conheço. Qual é a sua graça?"

"Divo", respondi.

O senhor era moreno, muito alto. Parecia ser educado.

"Hoje é o primeiro dia dele aqui, seu Damião. Pode ficar tranquilo que o rapaz é boa pessoa", disse o Júlio.

Peguei o latão de leite do seu Damião e carreguei até a cozinha da casa. Lá estava a moça bonita. Sorriu pra mim. Sorri pra ela de volta. Fui saindo, quando ela me disse:

"Você é o moço que dormiu na venda ontem, né?"

"Sou eu sim. Como você sabe?"

"Aqui a gente fica sabendo de tudo o que acontece. Amanhã tem reza do terço na igreja. Vai lá."

"Vou sim."

"Até amanhã."

Entrei na carroça e fomos entregar leite pra outros fregueses.

"Qual é o nome daquela moça, filha do seu Damião?", perguntei para o Júlio.

"Tereza. É a filha mais nova dele. Por quê? Você gostou dela?"

"Achei bonita. Parece que ela gostou de mim também. Me chamou pra rezar o terço na igreja."

"É assim mesmo. Rapaz novo no arraial, as moças ficam querendo conhecer", disse o Júlio.

"O que que eles fazem com tanto leite? Fiquei curioso."

"O seu Damião é o melhor doceiro do arraial. Vende até na cidade. O doce de leite dele é maravilhoso."

"Ah, bom!"

Depois de fazer todas as entregas, jantei e dormi. O primeiro dia tinha me trazido muitas novidades. Estava alegre.

No dia seguinte, levantei cedo e fui para o curral. De tarde entreguei o leite e voltei pra me banhar e trocar a camisa. Era dia de encontrar a Tereza.

Fui com a minha carroça até o arraial.

Vi que a igrejinha estava iluminada. Já tinha algumas pessoas do lado de fora. Fiquei por ali esperando ver a Tereza. Quando cheguei bem na porta da igreja, vi que ela estava sentada numa das cadeiras da frente.

Quando acabou a reza, fiquei esperando a moça sair.

Quando me viu, ficou com o rosto vermelho.

Cheguei perto dela e perguntei:

"O que você vai fazer agora? Posso te convidar pra dar uma volta?"

Ela respondeu que sim. Fiquei cheio de vida.

No caminho, ela me disse que nunca tinha namorado. Que tinha gostado de mim. Eu respondi que também tinha gostado dela. Aproveitei e peguei na sua mão. Tinha mãos calejadas. Vi que era trabalhadeira. Me disse que podia voltar no dia seguinte pra encontrar com ela, atrás da igreja.

Deixamos tudo combinado. Perguntei se não era perigoso, alguém podia ver a gente. Ela disse que não tinha perigo.

No dia seguinte, levantei cedinho e tomei um café com biscoito frito. Fui tirar leite e depois do almoço fui levar o leite pra freguesia. Voltei rápido pra fazenda. Estava ansioso pra encontrar a Tereza atrás da igreja.

Troquei a camisa, banhei e penteei o cabelo. Se tivesse cheiro, até que eu botava. Lembrei das meninas da dona Leninha, gostavam muito de cheiro.

Cheguei adiantado no lugar combinado. Fiquei ali esperando, esperando. Vendo se passava alguém. Naquela noite não passou uma viva alma atrás da igreja. Tereza sabia do movimento do arraial.

Quando pensei que não, Tereza apontou lá longe. Veio vindo até mim devagarinho. Charme de mulher, pensei calado.

"Boa noite, Tereza!", disse quando ela estava bem pertinho.

"Boa noite, Divo", ela respondeu toda alegre.

"A noite tá bonita, né? Você viu a Lua, que lindeza?", perguntei.

"É verdade. A Lua tá mesmo uma beleza."

"Posso pegar na sua mão?"

"Pode."

Peguei na mão dela e dei um beijo.

Ela sorriu.

"Posso te abraçar?"

"Abraçar não, amanhã eu deixo."

Dizendo isso, ela deu um galope e foi embora.

Fiquei cheio de vida. Acho que tinha uma namorada.

Peguei a carroça e fui embora assobiando. "Amanhã eu abraço ela."

Custei a dormir naquela noite. Fiquei agitado.

No dia seguinte, estava lá atrás da igreja esperando a Tereza.

Ela chegou sorrindo e estendeu a mão pra me cumprimentar. Aproveitei a oportunidade e beijei a mão dela.

Depois nos abraçamos. Foi lindo.

"Posso te beijar na boca?"

"Hoje não. Amanhã pode." Dizendo isso, Tereza saiu correndo como uma criança levada.

Acho que estava gostando dela. Do jeito, da voz, do perfume dos cabelos dela.

No dia seguinte, pra minha surpresa, Tereza tinha chegado antes de mim. Estava corada. Parecia uma rosa. Pele macia ela tinha.

Naquele dia me deixou fazer tudo que eu pedia. Tudo mesmo. Será que fomos rápidos demais? Fiquei preocupado. Eu gostava dela, era o que interessava. Não fizemos nada contra a vontade um do outro.

No dia seguinte, nos encontramos de novo. Aí ela me pediu que fosse falar com o pai dela. Concordei, afinal a gente era namorado.

Fui lá na casa dela no sábado. Falei com o seu Damião. Ele concordou. Acho que tinha simpatizado comigo. Disse que eu podia namorar dentro da casa dele, somente na sexta-feira, sábado e domingo. Eu concordei.

Na primeira sexta-feira que eu fui namorar, aconteceu uma coisa muito estranha. O seu Damião pegou uma bolsa de couro de guardar cachaça e me disse:

"Sabe, Divo, esse embornal é acostumado a ir sozinho buscar cachaça pra mim na venda do Moisés. Funciona assim, eu mando ele ir, chegando lá o Moisés enche de pinga e ele volta pra casa. Você duvida?"

Eu, já com os olhos arregalados, disse que não duvidava de nada.

Assim ele fez. E num é que o embornal foi sozinho na venda e voltou cheio de cachaça!

O seu Damião bebia a pinga e ria.

11

NA HORA DE BOTAR PRA DENTRO, É ABRAÇO E BEIJO... NA HORA DE PÔR PRA FORA É ARRANCO E PUM...

Depois de um mês de namoro, Tereza começou a reclamar que estava engordando na barriga. Fiquei cabreiro. Será que ela estava esperando criança. Deus tal não permita. Era muito novo pra casar.

Depois de uns quinze dias da desconfiança dela, finalmente confirmou que estava mesmo grávida. *Agora ferrou*, pensei calado.

Ela me disse pra pedir a mão em casamento no dia seguinte.

Fui embora preocupado. Eu gostava dela, mas casar, aí já era outra coisa.

No dia seguinte, meio a contragosto, cheguei para o pai dela e comecei a falar:

"Sabe, seu Damião, está fazendo uma noite fresca, num é?"

E ela me beliscando e dizendo baixinho: "Fala logo, fala..."

Não teve jeito, tive que pedir a mão dela. O casamento ficou acertado pra dali a quinze dias.

No outro dia, pedi licença para o seu Quelé pra ir buscar minha mãe para o casamento. Peguei minha carroça e fui por aqueles caminhos.

Minha mãe ficou impressionada com a notícia. "Você ainda é muito novo, Divo", ela me dizia. Disse a ela que não tinha outro jeito. Ela concordou e veio comigo para o arraial.

Quando cheguei com a minha mãe na casa da Tereza, fomos convidados pra passar a noite lá.

Minha mãe ficou num quartinho pequeno, perto da cozinha.

Durante a noite ela ficou espantada como a família da Tereza peidava. No dia seguinte, logo cedo, ela me disse:

"Meu filho, você vai entrar pra essa família de peidorreiros?"

Ri da minha velha. Peidavam muito mesmo.

O casamento foi bonito. A igrejinha estava toda enfeitada com margaridas. O padre não exagerou no sermão. A noiva estava linda com um vestido simples. Eu fui com um paletó emprestado do seu Quelé. De presente, ele me deu um dinheiro. Achei generoso da parte dele. Agradeci muito.

Fomos morar na casa do sogro. A sogra já tinha falecido. Tereza era a filha caçula. Ficou com a responsabilidade de cuidar do pai e ainda fazer doce.

Nasceu nosso filho. Menino.

Chamamos ele de Pedro.

12

"EU QUERO UMA MULHER QUE SAIBA LAVAR E COZINHAR..."

Minha esposa era a caçula de uma família de cinco filhos. Eram todos casados. Sua mãe tinha morrido de uma doença muito estranha. Começou a ficar fraca. Tomou tudo quanto há de chá de ervas e nada adiantou. Era benzedeira. Tirava mau-olhado, espinhela caída, inveja e outras coisas também. Tereza ficou cuidando do pai. Lavava a roupa, fazia a comida e fazia os famosos doces também. Tinha aprendido com a mãe, as irmãs e com o seu Damião.

Depois que a gente casou, Tereza fez questão de continuar morando e cuidando do pai. Não fui contra, pelo contrário, tinha muita simpatia pelo seu Damião. Ele me tratava bem e, principalmente, gostava muito do Pedro. Ele chamava o menino de Li. Não sei por quê. Colocava apelido em todos que ele gostava.

Com o passar do tempo, seu Damião foi ficando fraco também. Já não fazia doce, não bebia cachaça, não fumava seu cigarro de palha. Só queria saber de deitar. Fiquei preocupado. Ele, apesar da idade avançada, era muito ativo. Buscava lenha, varria o quintal, tratava das galinhas.

Aconteceu uma coisa estranha. Apareceu uma ferida na perna dele. Essa perna começou a inchar, inchar. Cuidamos da ferida. Nada adiantava. Não sarava. Foi ficando cada vez maior e mais profunda. Ele só enfraquecendo. Usei todas as ervas que o Candeia me ensinou. Nenhuma fazia efeito. Pelo contrário, começou a dar bicho. Era uma nojeira de olhar. Eu dava banho nele com muita dificuldade, era um homem muito alto, e eu baixo. Ficou assim, com essa perna doente, uns dois anos. Até que um dia amanheceu morto. Demos graças a Deus, sofreu demais. Faço ideia de como aquela perna devia doer. Suportar o cheiro já era difícil. Cada pessoa tem uma sina. Vai ver tinha que pagar algum pecado.

Depois que o pai morreu, Tereza ficou grávida de novo. Nasceu nossa filha Amélia. Depois da Amélia ainda tivemos outros três filhos. Eram cinco. Teve uma que nasceu antes da hora, morta. Fiquei triste. Enterrei o anjinho no fundo do quintal. Até hoje me lembro desse dia.

Criamos os cinco com muito amor e carinho. Nenhum deu trabalho na infância. A não ser a filha do meio, Arlete. Essa deu trabalho. Tinha uma perna dela que doía e repuxava. A menina ficava rouca de tanto chorar com dor. Não sabia o que fazia. Um dia, falei pra Tereza que ia levar a criança pra cidade. Precisava de um médico urgente. Saí cedo com ela na carroça. No caminho ela pegava no meu braço e apertava tanto que fincava as unhas na minha carne. Sentia muita dor a coitadinha.

Cheguei com ela na cidade depois de um dia inteiro de viagem. Cheguei num hospital, entrei e falei com a secretária que minha filha precisava de médico com urgência. Ela me disse que eu tinha que esperar na fila. Fiquei na fila. O tempo foi passando, a fila não andava, a menina com fome, com dor. Eu fui ficando nervoso, até que não aguentei mais. Tirei um canivete que andava comigo no bolso, cheguei perto do porteiro com a criança nas minhas costas, se contorcendo de dor, cheguei o canivete na garganta dele e disse:

"O senhor vai lá dentro e pede um médico pra vir aqui agora cuidar dessa menina, senão não sei o que sou capaz de fazer com você e com qualquer um que chegar perto de mim."

O homem ficou branco igual papel. Foi lá dentro e trouxe o médico, que levou Arlete pra ser examinada.

Eu sou bom. Manso. Mas tem hora que não tem outro jeito.

Fui embora com a menina. Dormiu a viagem inteira, a coitadinha. Devia de estar cansada.

Chegando em casa, Tereza estava acendendo vela, rezando o credo. Entrei com Arlete no colo. Falei que o médico deu o diagnóstico de paralisia. A menina iria puxar da perna esquerda quando crescesse. Apesar da doença, ficamos aliviados. Agora a gente sabia o que era.

Arlete cresceu e realmente ficou puxando de uma perna. Coisa pouca. Quase ninguém notava. Era uma moça boa. Tereza sabia criar bem um filho.

Todos os dias ia com ela na beira do rio lavar as vasilhas. Ensinava que tinha que passar sabão e areia pra tirar a fumaça da lenha que ficava nas panelas. Até que um dia, Arlete foi sozinha lavar as vasilhas. Quando chegou, Tereza olhou e jogou tudo no quintal e disse:

"Está muito mal lavado. Volta no rio e lava tudo de novo."

Arlete ficou até amarela. Mas pegou todas as vasilhas e voltou lá no rio e lavou tudo de novo. Chegou em casa com o sol se pondo.

13

"SE VOCÊ NÃO ME QUERIA, NÃO DEVIA ME PROCURAR, NÃO DEVIA ME ILUDIR, NEM DEIXAR EU ME APAIXONAR..."

Com o passar dos anos, o arraial foi crescendo. Muito sitiante começou a fazer monsão lá. Fui ficando cansado de tirar leite. Tereza trabalhava num restaurante nos finais de semana e fazia doce. Resolvi que ia pra cidade vender doce. Pus um tanto de vidro de doce de leite, doce de figo, doce de mamão verde, de cidra e fui por aqueles caminhos ali abaixo.

Cheguei na cidade, não conhecia ninguém. Nem um passarinho. Parei a carroça perto de uma venda. Desci e perguntei pro homem que atendia:

"Deixa eu falar com você, como é o comércio de doce aqui na cidade? Tem muita gente que vende?"

O moço olhou pra mim e respondeu:

"Sei nada disso, não, senhor."

Que capiau, pensei calado.

"O senhor não sabe se tem gente que vende doce aqui nessa cidade?", perguntei.

"Sei não", respondeu o homem.

Peguei a carroça e fui embora. Muito difícil esse negócio de comércio.

Chegando em casa, tive uma surpresa. Encontrei Tereza fazendo doce no quintal, junto do fogão a lenha que fiz pra ela, conversando com o Tomáz. Esse tal de Tomáz trabalhava com ela como garçom no restaurante. Era um moço não muito baixo, moreno, com um bigode grande puxado pra cima com cera de abelha. Não gostei. Mas o que eu podia fazer?

Depois que ele foi embora, falei com ela que não ia tentar vender doce na cidade. Disse que ia tentar ser jardineiro em algum sítio ali naquelas redondezas. Tereza não falou nada. Fiquei amuado.

No dia seguinte, saí cedo pra procurar serviço. Não fiquei sabendo de ninguém que estava precisando de jardineiro. Mais uma vez, o Tomáz estava conversando com Tereza no quintal. Ela se ria muito dele. Senti o sangue subir no meu rosto. Entrei em casa e peguei uma chimite 32 que era do seu Damião. Decidi que ia matar o Tomáz e depois dar cabo da minha vida. Cheguei a pôr o pé pra fora de casa, no quintal. Pensei melhor e desisti. Não valia a pena.

14

"TORNEI-ME UM ÉBRIO E NA BEBIDA TENTO ESQUECER AQUELA INGRATA QUE EU AMAVA E ME ABANDONOU..."

Comecei a frequentar o botequim do Moisés. Todo dia ia pra lá beber umas cachaças. Bebia muito. Quase um litro por dia. Não tinha hora. Podia ser de manhã, à noite, de tarde.

O Moisés tinha uma vitrola que ele colocava uns discos pra gente escutar. Tinha Nelson Gonçalves, Vicente Celestrino e outros. Escutava as músicas e bebia.

Tereza era a culpada.

Com o tempo, ela foi ficando preocupada comigo. Não trabalhava, só bebia e mal conversava com ela.

O infeliz do Tomáz sumiu lá de casa. Graças a Deus.

Fiquei sabendo que um sitiante estava precisando de caseiro. Acordei cedo, não bebi e fui até o sítio saber sobre o serviço. Graças a Deus o dono do sítio gostou de mim. Ia começar no dia seguinte.

Naquele dia de noite, bebi umas e outras pra comemorar o serviço novo.

Tereza ficou preocupada. Arranjou um remédio pra colocar na minha comida pra eu parar de beber. Achei a comida estranha, com gosto ruim. Mas comi mesmo assim. Quando cheguei em casa, estava todo empolado. Quase morri.

Tereza teve que falar a verdade. Contou que foi a comadre Maria que disse que o remédio era bom pra parar de beber e confessou que colocou na minha comida.

Perguntei a ela se queria que eu morresse. Ela saiu chorando pela casa.

Mulher tem cada ideia. Remédio pra parar de beber?!

15

"SOU DO TEMPO QUE O MALANDRO NÃO DESCIA, E A POLÍCIA NO MORRO TAMBÉM NÃO SUBIA..."

Fui trabalhar no sítio do seu Felício e dona Naná. Era um terreno pequeno, mas com muita planta. Dona Naná gostava muito de cuidar. Eu, cá no meu serviço, varria a grama, tratava das galinhas, regava com mangueira. Fazia tudo que eles me pediam. Passava a noite também, mesmo quando dormiam no sítio.

Seu Felício gostava muito de colocar música alta. Só música antiga. Eu ficava escutando e lembrando do casqueiro onde conheci e aprendi muita coisa da vida. Lá toda noite tinha música. Às vezes dona Leninha recebia o Agenor, tocador de viola, pra distrair os fregueses e as meninas. Quando não tinha ninguém pra tocar ao vivo, ela punha disco na vitrola e todos dançavam e bebiam do mesmo jeito. As músicas do seu Felício tocavam muito nas noites desse sertão.

Uma coisa que me incomodava um pouco era uma vizinha chamada Gertrudes. Nunca vi alguém falar tanto. Chegava na porteira do sítio, chamava dona Naná aos berros. Dona Naná ia atender e ela começava a falar, falar e não parava mais. Teve um dia que não aguentei e falei pra ela:

"Fecha essa patraca, dona."

Ela não gostou muito. Mas ficou uns dias sem incomodar dona Naná com seu falatório.

Numa noite que eu estava sozinho, aconteceu uma coisa engraçada. Eu fiquei sabendo que tinha gente da cidade rondando à noite por aquelas bandas. Então fiquei sentado na varanda da casa. Às vezes andava pelo sítio. Fazia a ronda pra ver se via alguém.

Quando eu penso que não, chegou dois homens. Pularam a porteira. Eu, quietinho, sentado banda de fora da casa. Um deles falou assim:

"O senhor mora aqui nesse sítio?"

"Sou o caseiro. Por quê?"

"Por nada não. Tem coisa de valor aí dentro? Bebida, revólver, essas coisas? Estamos armados e queremos entrar, alguém vai impedir?"

Eu continuei quietinho no banco da varanda.

"O senhor não vai abrir a porta?"

"Acho melhor não", respondi.

"Quem o senhor pensa que é?"

"Deixa eu falar com você", eu disse. "Sabe, moço, se eu fosse vocês, não entraria aí, não."

"O senhor tá nos desafiando?"

"Sabe o que que é? O dono do sítio é um tal de Nhô Raimundo, homem ruim tá ali. Se ele dá falta de alguma coisa, vai atrás de quem roubou até no inferno. Conhece muita gente grande na cidade. Se eu fosse vocês, ia embora daqui rápido."

Os dois ladrões pensaram e me disseram:

"É, se o homem é ruim como o senhor tá falando, acho melhor mesmo ir embora. Muito obrigado o senhor por ter avisado a gente."

Dizendo isso, os dois homens pularam a porteira pra fora e até hoje nunca mais vi nem sombra deles.

16

Pedro

Depois de um bom tempo saí do sítio do seu Felício e dona Naná. Já era tempo. Fui ficando cansado do serviço e da falta de interesse deles pelo sítio. Tem gente que tem as coisas, mas não dá valor. Não se interessavam pelo jardim, pela grama que eu cuidava com tanto zelo.

Não gostaram de eu pedir pra sair do serviço. Disseram que nunca tinham atrasado nenhum pagamento, que gostavam de mim não só por eu ser empregado deles. Mas já tinha tomado minha decisão.

Tiveram que aceitar.

Depois de um mês passei lá no sítio pra ver como estava. Fiquei chateado de ver o estado da grama. Era de dar dó. Toda seca. As plantas murchas. As flores caídas no chão. Eu sabia que isso ia acontecer. As plantas gostavam das minhas mãos. Sentiram falta de mim. Por mais que molhem elas, não era como eu regava e cuidava. Não com o mesmo amor e carinho.

Fiquei triste. Mas não podia fazer nada. Tinha que seguir meu caminho.

Fiquei em casa uns tempos, esperando que aparecesse algum serviço. Mas não ficava à toa. Buscava lenha no mato, varria o quintal, tratava das galinhas. Serviço sempre tem.

Ia no bar do Moisés tomar umas e outras todo dia. Tereza já não aguentava mais que eu chegava em casa tonto.

Um desses dias, cheguei e encontrei ela benzendo a casa com carvão em brasa do fogão de lenha. Disse pra mim que não aguentava mais homem bêbado dentro de casa. Fiquei nervoso e dei uma facada no braço dela.

Meu filho mais velho, o Pedro, ficou furioso e foi na cidade dar parte de mim na polícia.

No dia seguinte cedo, apareceu lá em casa um policial dizendo pra eu me apresentar na delegacia no outro dia. O delegado queria falar sobre a queixa que o Pedro fez contra mim.

Fiquei muito triste. O próprio filho chamar a polícia pra um pai, isso pra mim era imperdoável.

Falei pra Tereza que estava muito triste com o Pedro. Ela também ficou um pouco avergonhada, mas disse que eu tinha passado dos limites.

No dia seguinte, levantei cedo. Pus minha roupa mais velha, mais rasgada, mais suja de terra, meu chinelo mais velho e fui me apresentar na delegacia. Cheguei lá e o escrivão me perguntou:

"Pois não, o que o senhor deseja?"

Disse que queria falar com o delegado.

O escrivão me olhou da cabeça aos pés e me disse pra esperar um pouco.

Depois de uns vinte minutos, o delegado me chamou pra entrar na sala dele. Como o escrivão, me reparou de cima a baixo e me disse:

"O senhor é o homem que machucou a esposa ontem?"

"Sou sim, senhor."

"Por que o senhor fez isso, seu Divo? Estou vendo que o senhor é um homem trabalhador, humilde."

"Bebi umas pingas, a mulher ficou falando na minha cabeça, acabei machucando ela."

"Sei como que é. O pobre leva uma vida difícil, ainda tem de aguentar falatório. Perde a cabeça mesmo."

"É isso mesmo sim, senhor." Aí comecei a chorar.

O delegado foi logo me dizendo:

“Fica triste não, isso acontece. Olha, o senhor volta pra casa e larga essa mulher. Qualquer coisa, o senhor pode voltar aqui e me procurar.”

Fiz que sim com a cabeça e fui saindo.

Depois desse dia, nunca mais falei com o Pedro. Também, filho feito do jeito que eu e a Tereza fizemos ele, só podia dar nisso. Atrás da igreja. Deus castiga.

17

"EU NÃO VOU NA SUA CASA
PRA VOCÊ NÃO IR NA MINHA,
VOCÊ TEM A BOCA GRANDE, VAI
COMER MINHAS GALINHAS."

Fiquei sabendo de um senhor chamado Sílvio, que tinha um sítio perto da cachoeira e que estava precisando de jardineiro. Fui lá. Conversei com ele, tratamos o valor mensal que ele me pagaria e aceitei o serviço.

Achei o lugar muito bonito, num alto de um morro. Estava precisando de começar o jardim do começo. Não tinha grama, poucas árvores, nenhuma flor. Fiquei animado com o trabalho que ia ter, mais ainda com o resultado. Seria uma belezura de jardim.

No dia seguinte, cheguei lá bem cedinho. Fui logo encontrando com uma vizinha. Dona Gertrudes. Me convidou pra depois do serviço passar na casa dela pra tomar um café. Respondi que ia ficar muito cansado e que não dava.

Comecei a afofar a terra pra plantar a grama que o seu Sílvio tinha comprado. Depois comecei a fazer os buracos pra plantar tudo quanto há de árvores frutíferas. Manga, laranja, jabuticaba, goiaba.

O dia foi cheio, mas eu estava alegre. O jardim ia ficar uma beleza.

Fui pra casa e no dia seguinte levantei cedo e tomei o caminho do sítio. Ia a pé. Tinha aposentado minha carroça. O pobre do meu cavalo estava muito velho. Ficava pastando o dia inteiro pelo arraial.

Quando cheguei, encontrei a comadre Ana. Ela era muito amiga da gente. Disse que veio ver onde eu estava trabalhando. Entrou, coou um café e conversamos um pouco. Depois ela foi embora e eu fui plantar a grama.

No dia seguinte foi a mesma coisa. Sempre encontrava a comadre Ana pelo caminho. Um dia ela me falou pra eu ir lá no sítio que ela trabalhava. Respondi que um dia eu ia ir, mas que naquele momento estava muito cansado da lida no sítio do seu Sílvio. Ela entendeu.

No fim de semana o dono do sítio foi com a família pra lá. Quando ele chegou, eu estava cuidando do jardim.

Foi chegando e logo dizendo que ia fazer churrasco. Nem comentou sobre a beleza que o jardim estava ficando. Fiquei triste.

Depois de arrumar a churrasqueira, pediu pra eu tomar conta do churrasco. Logo eu, que detesto churrasco. Como ele mandou, eu obedeci. Fiquei a manhã toda tirando e colocando carne na brasa.

Eles começaram a beber. Ficavam falando alto, rindo alto. Eu cá no meu canto.

Lá pelas tantas, o seu Sílvio disse que ia fazer uma plástica na cara. Eu achei engraçado. Esse povo rico espicha o couro. Só falta mudar a idade.

No dia seguinte, pedi as contas. O jardim já estava formado, fiz o meu trabalho.

18

Bananeira

Fiquei novamente sem serviço. Não tem problema. Deus prepara outro lugar. Só fico com dó das plantas. Quando saio de um sítio, geralmente o jardim morre. Fica tudo sem vida, seco. Não é pra me gavar, não, mas acho que elas gostam de mim. É o amor que tenho por elas.

Sabendo que eu estava sem serviço, a comadre Ana veio na minha casa perguntar se eu não queria trabalhar no sítio que ela tomava conta. Eu seria jardineiro. Ela disse que o dono era uma boa pessoa, que eu ia gostar de lá.

Pra não fazer desfeita, fui até lá num sábado. Conversei com ele, achei um sujeito simpático. Entendia de plantas, gostava muito de plantar frutas diferentes. Tinha algumas que eu nunca nem tinha ouvido falar. Parece que ele também gostou de mim. Acertamos. Ia começar na semana seguinte.

Comadre Ana ficou toda alegre de trabalhar comigo no mesmo sítio. O marido dela, o compadre Tonico, era caseiro em outro sítio.

Na segunda-feira cheguei bem cedo. A comadre já estava lá. Tinha passado um café. Conversei um pouco com ela e logo já fui para o pomar podar algumas árvores.

Quando foi lá pelo meio-dia, a comadre chegou perto de mim no bananal onde eu estava e me disse:

"Sabe, compadre, eu queria uma bananeira do seu tamanho só pra mim."

Eu fiquei pensativo. Que será que ela quis dizer? Não respondi nada. Peguei minha marmita e fui comer debaixo do pé de manga.

Fui embora encafifado.

No dia seguinte cedo, a comadre já estava lá. Chamou pra dentro da cozinha pra tomar café. Entrei e tomei. Ela ficou me olhando e rindo. Perguntei por que ela se ria. Respondeu que não era nada.

Fui para o bananal, podar alguns pés. Ela chegou. Disse pra eu ir comer na cozinha. Já estava dando meio-dia.

Fui na bica, lavei o rosto e entrei na cozinha.

Quando eu penso que não, a comadre Ana me agarra pelas costas. Começa a me beijar, me morder, dizendo que sempre gostou de mim. Me jogou no chão, foi tirando a roupa e aconteceu.

Naquele dia fui embora um pouco chateado. Era um homem casado. Tinha que respeitar a Tereza. Mas não vou dizer que não gostei do fogo da comadre. Até que foi bom.

No dia seguinte, foi a mesma coisa. Ela me abraçava, me beijava, me mordia. Parecia mesmo que era doida por mim. Disse que eu não precisava mais trazer marmita. Ela queria que eu comesse a comida dela.

Foi assim por alguns meses. Até que a comadre veio me dizer que estava grávida de um filho meu. Fiquei gelado. E se a Tereza descobre? Como é que eu fico?

Perguntei como que ela sabia que o filho era meu se ela era casada. Respondeu que sabia e só.

Quando a menina nasceu, tive a certeza. Até o pé era igual da minha filha caçula.

Acabou que eu saí do sítio. E também da vida da comadre.

Pra todos os efeitos, a menina era filha do compadre Tonico.

19

Bichinho

Minha filha Arlete ficou grávida do namorado, que, quando ficou sabendo da gravidez, sumiu no mundo.

Essa minha filha era muito pra frente. Desde novinha já trabalhava. Ajudava em casa. Não julguei ela por ter ficado grávida. Essas coisas acontecem.

O menino nasceu prematuro. Nasceu em casa com a parteira. Era tão pequeno e magro, que mais parecia um bichinho. Eu queria jogar ele no rio. Tereza que não deixou.

Puseram o nome dele de Anderson.

Arlete, depois de uns dois meses, foi pra São Paulo tentar a vida lá. Deixou o bichinho pra trás.

Tereza e eu ficamos cuidando dele. Crescia que era uma beleza. Mas o apelido que eu tinha dado ficou. Só eu chamava ele de bichinho.

Depois minha filha voltou. Não deu certo lá em São Paulo. Continuou morando com a gente.

Fiz um balanço pra ele, debaixo do pé de jabuticaba. Ele se ria todo quando eu balançava ele. Era uma criança muito feliz. Era o dengo meu e da Tereza.

Depois Arlete casou com outro rapaz. Bichinho continuou morando com a gente. Nós que criamos ele. Tinha muito amor pela avó e pelo avô.

Depois de crescido, já rapazinho, Bichinho começou a trabalhar como caseiro nos sítios da redondeza. Tão novinho e já ajudava em casa. Tinha sido bem-criado.

Eu queria que ele estudasse e prosperasse. Bichinho merecia. Eu e Tereza fizemos tudo que podia pra que ele fosse uma pessoa de bem. O que eu não dei para os meus filhos, queria dar pra ele.

20

PÉ DE LIMÃO JÁ É MEIA FARMÁCIA

Com o passar dos anos fui ficando cada vez mais parecido com o Candeia. Costumava sair à toa pelo sertão em busca da sabedoria do sertanejo sobre plantas, chás, garrafadas, rezas, benzimentos. Quase todo dia aparecia uma pessoa lá em casa com alguma queixa. Na maioria das vezes, o simples benzimento com reza e ervas já era suficiente. As pessoas ficavam muito agradecidas quando saíam da minha casa. Diziam que estavam se sentindo melhor do que quando entrou.

Uns poucos invejosos diziam que eu era feiticeiro. Eu não ligava. Sabia que ajudava as pessoas de bem.

Ensinava muita coisa para o Bichinho. Uma coisa que ele aprendeu comigo é que tendo um pé de limão em casa já é meia farmácia.

O limão com água e bicarbonato serve pra tirar mau hálito. Quando você vai sair com uma mulher pela primeira vez e quer saber se ela está com doença na fruta dela, é só espremer limão. Se arder é porque está com doença. Isso eu descobri sozinho. Não foi o Candeia que me ensinou. Pinga com limão também é muito bom pra desinfetar o intestino. Limão com mel é bom pra garganta e gripe. Chá de limão é um excelente suadouro, em caso de febre alta. Limão é ou não é meia farmácia?

21

O TREM TÁ FEIO E TEM CABELO NO JOELHO

Depois de ficar um bom tempo desempregado, aceitei trabalhar pra dona Irene, que morava numa chácara lá perto da fazenda dois irmãos.

Ela era uma boa pessoa, muito educada. Achei isso muito bom. Pessoas educadas pra mim já é um bom começo.

Cuidava do jardim dela. Aparava a grama, varria as folhas que caíam no chão, podava as roseiras dela. Ela gostava muito de rosas. Tinha uma que era o xodó. Chamava príncipe negro. Era uma rosa grande, de um vermelho escuro.

Ao lado da chácara da dona Irene, morava uma mulher chamada Gertrudes. Gostava muito de me pedir as coisas. Pó de café, açúcar, essas coisas. Na verdade, ela queria mesmo era puxar conversa comigo pra falar da vida dos outros. Quando ela vinha pro meu lado, eu já inventava alguma desculpa pra ir embora. Dizia que tinha muito serviço, que não estava sentindo muito bem. Qualquer desculpa servia. O importante era me livrar da vizinha.

Ela era noiva de um sujeito chamado Frangão.

O pessoal falava que ela recebia pivete na casa dela. Sei não. Nunca vi.

Depois das duas da tarde eu ia embora pra casa. Ia por aqueles caminhos, parando, sentindo a brisa no rosto, o cheiro do mato. Quando passava perto de alguma cachoeira, parava e molhava os pés. Não tinha coragem de entrar com o corpo inteiro na água. As águas estavam diferentes. Não era mais como antigamente.

Continuando meu caminho, encontrava algum conhecido, parava, falava alguma coisa e continuava.

Teve um dia que quando cheguei em casa, tinha uma moça nova me esperando. Chegou perto de mim e disse:

"Seu Divo, estou prenha e não tenho condição de criar a criança. O senhor pode me ajudar?"

Respondi que podia sim.

Deixei a moça sentada do lado de fora de casa e disse que ela esperasse eu ir no mato procurar uma erva. Andei um tempão procurando a erva que o Candeia tinha me ensinado pra pôr infeto pra fora.

Achei a árvore. Era uma planta alta. O importante era pegar a casca dela. Tirei a casca. Levei pra casa e fiz o chá. Dei pra moça e fiquei falando as palavras que o Candeia tinha me ensinado.

Ela bebeu tudo e foi pra casa.

Dois dias depois, ela veio na minha casa e disse que tinha dado resultado. Ficou muito feliz, dizendo que não sabia como agradecer. Eu disse que o fato dela ter ficado livre já era uma satisfação pra mim.

Pobre moça.

Acho que não ia cair em outra enrascada.

22

CORAÇÃO DOS OUTROS É TERRA ESTRANHA

Todos os dias eu dava uma passadinha no bar do Moisés pra tomar uma cerveja. Não bebo mais cachaça, só cerveja.

Outro dia passei lá e fiquei ouvindo as músicas do Nelson Gonçalves, Agrinaldo Timóteo.

Quando saí do bar, fui caminhar pelo arraial. Passei em frente de uma casa que era uma das mais antigas de lá.

A porta estava aberta. Achei estranho, nunca vi ninguém naquela casa. Cheguei na porta, bati e perguntei:

"Tem alguém em casa?"

Ninguém respondeu.

Dei uma olhada pra pequena sala. Tinha só um banco pequeno e um retrato na parede. Resolvi ir embora. Não achei certo ficar olhando dentro da casa das pessoas.

Quando estava no alpendre, ouvi uma voz dizendo:

"O que o senhor quer?"

"Não quero nada, não. Estava passando na rua e vi a porta aberta."

"Deve estar curioso por causa da morte do meu pai, né?"

"Não sei nada disso, não", falei.

"Meu pai morreu do tamanho de uma criança."
"Não entendi", respondi.
"Todo mundo sabe que ele foi ficando atrofiado e não podia se mexer que doía."
"Nossa, que desgraça! Por que isso aconteceu com ele?"
"O senhor não sabe a história?"
"Não sei", respondi.
A moça começou a me contar uma história terrível. Ela disse que seu pai tinha estrufado sua irmã anos atrás. Chegou até a engravidar a pobre. Por isso ficou entrevado numa cama. Só que, com o passar do tempo, as pernas e os braços foram ficando menores, como se fossem de uma criança.
As pessoas diziam que era castigo divino.
Eu acreditei na história.
Por isso nunca via ninguém naquela casa. Era vergonha que as moças tinham do pai entrevado, agora morto.
Cheguei em casa e falei com a Tereza sobre o acontecido. Ela me disse que sabia da história.
Só eu que não sabia.

23

Ela é a rei...

Depois de algum tempo trabalhando pra dona Irene, aprendi a ver os defeitos dela. Um defeito que é muito difícil de tolerar é a pessoa ser pixote. Tudo regateia, não posso comprar um esterco pra colocar no pé das plantas, uma vassoura nova, um regrador novo, nada. Tudo ela fala que não tem dinheiro, que está esperando receber o holerite. Uma chatice danada. Quando peço pra ela comprar, ela não compra, fica enrolando. Quando eu compro, ela não quer me pagar. Já fiquei no prejuízo várias vezes.

Já conheci muita gente pixote, mas essa dona Irene era a rei.

Fui ficando no serviço por conta do jardim que tinha formado, mas, se ela continuasse assim, eu ia pedir conta.

O pior ainda estava pra acontecer.

Passou um mês, ela não me pagou o salário. Passou mais dois e ela não me pagou de novo. Quer saber, pensei calado, vou é sair desse serviço.

Num sábado, quando ela estava lá no sítio, cheguei e falei com ela minha intenção. Ela não disse nada.

Falei dos meses atrasados que ela me devia. Disse que ia me pagar, que na outra semana eu podia ir lá no sítio que ela estaria com o dinheiro.

Na semana seguinte fui lá cedo. Quando ela me viu, disse:

"Seu Divo, hoje vou acertar com o senhor."

Entrou pra dentro da casa e veio com uma nota vermelha na mão.

"Aqui está seu pagamento." E me esticou a nota.

Na hora, enfiei a mão dentro do bolso e tirei uma igualzinha. Falei:

"A senhora quer me pagar esses meses todos com a mesma nota que tenho no bolso?"

Ela ficou roxa de vergonha. Coitada, pensou que tava tratando com capiau.

24

"Rico quando morre é Deus que levou. Pobre quando morre é a cachaça que matou."

Os médicos operaram Tereza. Tiraram o útero dela.

Depois de alguns dias de resguardo da cirurgia, deitei mais ela. Pra quê?! No dia seguinte, a mulher não conseguia levantar da cama. Operaram ela errado.

Depois disso nunca mais nos deitamos.

Pra piorar, fiquei uns dias muito doente. Peguei uma gripe. Acho que peguei friagem.

Mulher pega friagem pelo pé, homem é pelo peito. Não pode andar de peito descoberto de jeito nenhum. O botão da minha camisa tinha caído e fiquei com ela um pouco aberta demais. Acho que foi isso.

O cunhado da Tereza, o Alziro, teve um problema do coração e morreu. Ficou vários dias internado, mas só morreu depois que melhorou.

A gente tem que ter saúde até pra morrer.

Pobre do Alziro, morreu; antes ele do que eu.

25

Antes magro no mato que gordo na boca do gato

Como fiquei desempregado novamente, resolvi mudar de ramo de serviço. Decidi que ia trabalhar na mina de ouro da cidade mais próxima do arraial. Acordei cedo e fui com a minha carteira de trabalho pra lá.

Chegando lá, reparei que tinha muitos homens, que tinham uma feição assim meio descorada, só tinha homem trabalhando na mina. Não me importei, entrei na fila e fui contratado.

No dia seguinte, cheguei cedo, pus minha botina, meu uniforme e meu capacete.

Entrei num carrinho que desce mina adentro. Achei estranho. Quando chegou lá embaixo, tomei o maior susto. Era um lugar cheio de homem, uns com picareta, outros com pá, outros com peneira, trabalhando num espaço pequeno e respirando aquele ar úmido e pouco. Isso é mau, pensei calado.

Não me importei. Trabalhei com a picareta uns dez dias. Depois fui trabalhar peneirando a terra que era tirada da mina. Aquela terra depois seria lavada. Só aí que podia ver o ouro. Pensa numa gastação de água medonha, era lá.

Na hora do almoço, os operários podiam sair da mina pra comer. Era a única hora que saíam. Puxei conversa com um colega que estava lá há mais tempo, perguntei:

"Deixa eu falar com você, quanto tempo você trabalha aqui?"

"Ah, já tem uns dois anos. Por quê?"

"Por nada, não. Só curiosidade."

"Pensei que era por causa da silicose que você me perguntou."

"O que é silicose?"

"Você não sabe? É uma doença que muitos operários têm. Dá no pulmão."

"É?", respondi com os olhos arregalados. "E o senhor não tem medo de pegar essa doença?"

"Medo eu tenho, né. Mas a gente precisa trabalhar. Será que vale a pena?"

"Por que você não procura outro serviço?", perguntei.

"Não existe serviço melhor que o outro não. É tudo igual."

"Quando cheguei aqui, vi que alguns colegas estavam amarelos, sem cor. É por causa da silicose?"

"É sim. É uma doença terrível. A pessoa vai ficando fraca, até não respirar mais."

Mau, pensei calado. Vou é embora desse lugar.

Antes magro no mato que gordo na boca do gato.

26

"Quero morrer numa batucada de bamba, na cabeça bonita de um samba..."

Novamente em casa, sem serviço, resolvi refazer o banheiro. O antigo estava muito ruim, no piso grosso, paredes sem azulejo. Fui num depósito de construção que tinha na estrada e comprei o material.

Primeiro, quase coloquei o banheiro todo no chão. Ele ficava do lado de fora da casa. Era o único banheiro da casa. Comecei do zero. Peguei uma picareta e fui tirando o piso. Depois fui tirando o reboco. Aí troquei o vaso sanitário.

Comecei a pregar os azulejos que comprei. Cada um de um jeito. O dinheiro não dava pra comprar tudo igualzinho. Achei que ficou uma beleza. Depois, fui colocando os caquinhos no chão. Fui pregando de dentro pra fora, de jeito que ficou fazendo um círculo no chão. Fui pondo cor com cor pareado. Achei que ficou muito bom.

Depois de pronto, mostrei pra Tereza e perguntei o que ela achou. Respondeu que pra ela estava bom, que tinha ficado um pouco colorido demais, mas que estava bom.

Fiquei cheio de vida. Como era bom fazer as coisas e ficar bonito!

Naquele dia, caso tivesse vontade de fazer as necessidades, a gente tinha que usar o pinico. Demorou um dia pra secar. Foi por causa do rejunte. Fiz da cor azul. Acho rejunte branco muito sem graça.

No dia seguinte chegou uma senhora lá em casa, pedindo pra que eu benzesse ela.

Fui lá no quintal pegar meus apreparo. Galhinho de arruda, guiné, rosa branca. Eu benzo igual o Candeia. Aprendi com ele. Tereza já benze com carvão do fogão de lenha e copo de água benta.

Eu vou passando as ervas em volta da pessoa e vou falando umas palavras. A pessoa sente, depois da benzeção, muito mais leve. Muitas dizem que é como se tirasse o peso com a mão.

Fico alegre quando isso acontece.

Outro dia chegou uma mulher toda torta, coitada. Não estava aguentando de dor nas costas. Pensei, pensei e achei uma solução para o problema dela. Disse pra ela que fosse pra casa, pegasse nove pano branco que nunca tivesse sido usado, pusesse uma caneca com álcool pra esquentar e, com muito cuidado, embebesse os nove pano no álcool e fosse pondo um por um nas costas, até melhorar.

O mais difícil era aguentar o calor do álcool quente, mas ela ia ficar curada.

Apareceu, uma vez, um rapaz dizendo que estava com uma doença nova. Uma tal de aids. Me explicou mais ou menos o que era a doença. Pediu por tudo quanto fosse de mais sagrado que eu ajudasse ele.

Pensei, pensei, e achei a solução para o caso dele. Disse pra ele assim:

"Você vai pra sua casa, pega um copo d`água, pinga três gotas de creolim na água e bebe de uma vez. Depois você faz o tal exame e me conta se resolveu."

Ele foi embora cheio de esperança. A doença que ele me contou era muito braba mesmo. Com fé em Deus, acho que ele ficou curado.

27

Caixa d`Água

Como estava sem trabalhar, consegui uma colocação na prefeitura da cidade como vigia da caixa d`água.

Gostei do serviço. A água do arraial vinha de uma mina. Não cobravam da gente. Na minha casa, por exemplo, tinha uma bica que ficava jorrando água sem parar. Por esse motivo, Tereza era lavadeira. Lavava e passava roupa pra fora. Tereza era muito trabalhadeira.

No primeiro dia, cheguei cedo. Pus minha bolsa com a marmita no chão e fiquei sentado ali do lado da caixa d`água. De vez em quando subia umas escadinhas pra ver se ela estava cheia, se a água estava clarinha.

O dia inteiro era assim. Eu zelava da água. Tirava algum matinho, algum inseto que caía. Gostava de ver aquela prata de tão bonita que ela era. Até o cheiro dela era bom.

Quando dava seis horas da tarde, o Agripino chegava pra passar a noite zelando e vigiando como eu. Aí eu ia embora.

Descia por ali abaixo satisfeito com o meu novo serviço.

Podia parecer que era um serviço bobo, mas não era. Zelar da água era coisa muito séria. E se viesse uma alma penada e colocasse alguma coisa nela? Deus tal nunca permita. Mas gente ruim tem pra todo lado. Não tem gente que mata passarinho?

28

Dois pra lá, dois pra cá

Depois de passar algum tempo como vigia da caixa d`água, resolvi ser jardineiro de novo.

Arranjei um serviço no sítio de um viúvo chamado José Maria. Ele vivia sozinho no sítio. Não era morador só de final de semana.

O Zé era boa pessoa. Todos no arraial gostavam dele. Tinha um carro grande e sempre que alguém precisava de sair correndo, até no meio da noite, ele sempre levava o enfermo para o hospital na cidade.

Não gostava que o chamassem de senhor, apesar da idade avançada. Era magrinho, cabelos branquinhos e fartos.

Gostava muito mesmo era de boleros. Todo santo dia ele punha um disco na vitrola e ficava dançando sozinho. Era um tremendo pé de valsa.

Tinha uma filha, que de vez em quando vinha visitar ele.

Tinha também um rolo. O nome dela era Dolores. Morena alta, corpo bem-feito. Ela era casada. O Zé Maria não se importava com isso. Dolores trazia a mãe dela quando vinha fazer a visita. Era um despiste. A mãe já era bastante idosa e cheia de doenças. Ele dizia que ela tinha dezoito doenças catalogadas.

Ele colocava aqueles boleros bem alto e dançava com a Dolores por horas.

Um dia, mudou uma moça pra casa ao lado do sítio dele. Era uma moça mais jovem que a Dolores, bonita. O Zé Maria foi logo se apresentando e dizendo que podia me contratar pra cuidar do jardim.

O nome da moça era Josimara.

Fui trabalhar pra ela.

29

Josimara e o casamento de Lucinha

Todos os dias cedo, chegava na casa da Josimara e varria o quintal, tirava os matinhos do jardim dela. Quando ela acordava e fazia o café, me oferecia e eu aceitava de bom grado. Ficava um tempão contando as minhas histórias pra ela.

Um dia ela me disse que precisava de uma pessoa pra limpar a casa dela. Logo indiquei a Lucinha. Moça boa. Trabalhava para o Zé Maria. Foi assim que a Lucinha começou a trabalhar com a Josi.

Ela foi logo gostando do jeito da moça. Fazia bem o serviço.

O que a ela mais gostou foi que a Lucinha, a cada dia que limpava a casa, colocava alguma coisa em um lugar diferente. Por exemplo, a colcha em cima da cama. Toda semana Lucinha punha de um jeito. Uma vez era dobrada, outra enviesada.

Lucinha ia se casar. Só que o casamento ia ser em outra cidade. Bem longe do arraial. Convidou eu e a Josi. Combinamos que a gente ia.

Ela tinha um Chevette prata. Foi nele que a gente se aventurou nessas estradas e com muito custo chegamos em Capelinha.

Chegamos na hora do casamento. Fomos direto pra casa da noiva. Casa simples, de chão batido.

A mãe da Lucinha estava descalça. Gente muito simples.

Comemos e bebemos com fartura.

Depois fomos pra uma pensão, pra passar a noite. O dia seguinte seria puxado. Ir num dia e voltar noutro era muito cansativo, por causa da distância.

30

"BONECA COBIÇADA, DAS NOITES DE SERENO, SEU CORPO NÃO TEM DONO, SEUS LÁBIOS TÊM VENENO..."

Eu e a Josimara ficamos bons amigos. Eu contava as histórias da minha vida, ela ouvia com atenção e ria. Ria muito das minhas histórias. Eu gostava de ver ela se rindo.

Depois de um tempo, ela começou a namorar com o Zé Maria. Eu achei ela muito nova pra ele. Mas com as coisas do coração a gente não dá palpite. Todo mundo no arraial achava o Zé Maria muito velho pra moça. Mas ela gostou dele, fazer o quê?

Teve um dia que a Dolores foi visitar o Zé Maria. Chegou e não encontrou ele em casa, apesar de estar tudo aberto. Foi direto pra casa da Josi. Ele estava lá. Foi uma cena de ciúme. Depois daquele dia, a Josi terminou o namoro com ele. Achei foi bom.

Com o tempo, a casa da Josi começou a mofar. Então decidiu se mudar do arraial. Fiquei triste. Tinha me apegado à moça.

Mas, pra minha surpresa, ela me convidou pra mudar com ela. Ia procurar um sítio numa cidade onde não tinha mofo. Até encontrar o novo lugar pra morar, pediu que eu fosse com ela morar num prédio na capital. Aceitei. Era uma coisa diferente. Nunca tinha morado numa casa em cima da outra, como é no prédio. Fiquei cheio de vida.

Fomos morar no apartamento. Tinha um quarto só. Josi comprou um colchão e pôs na sala pra eu dormir. Ficamos muito unidos.

A cozinha era muito pequena. Tinha dado o fogão dela pra Lucinha. Então a gente comia num restaurante que tinha lá perto.

Ficamos nesse prédio por dois meses. Foi tempo suficiente pra encontrar o novo sítio.

A cidade era bem mais quente que o arraial. Tinha uma lagoa. Era plana. Gostei muito do lugar. O sítio era mais simples, mas o terreno era maior do que o outro. O importante era que a Josi tinha gostado.

Nossa amizade foi ficando cada vez mais forte. Ela tinha plena confiança em mim e não se importava com os meus defeitos.

Eu cuidava da grama, da limpeza do quintal, das plantas e da cachorrinha dela. Ela trabalhava fora e cuidava da limpeza da casa.

Pendurei uma rede em duas árvores no quintal pra ela descansar. Ela achou uma beleza meu gesto de carinho.

Eu dormia no mesmo quarto que ela, só que em cama separada.

Eu achava ela muito bonita e boa. Meu coração estava gostando dela.

Teve uma noite que eu não conseguia dormir. Ficava me revirando na cama. Ela ouvia eu gemer em silêncio. Tinha muito tempo que eu não dormia com uma mulher, desde o tempo que operaram a Tereza errado.

Na noite seguinte, ela disse que eu podia me deitar na cama com ela. Fiquei cheio de vida.

Me deitei e abracei ela. Senti o cheiro doce que vinha dos cabelos dela. Me lembrei da Zizi. As duas eram boas e bonitas. Eu era um homem de sorte.

Depois desse dia, todas as noites a gente passava junto.

31

"Tchutchuca, vem aqui pro seu tigrão, vou te dar muita emoção..."

Assim fui vivendo com a Josi. Nos finais de semana a gente ia para o arraial. Comia a comida boa da Tereza. Ela não tinha ciúme. Eu dormia no mesmo quarto com a Josi. Ela gostava do escuro do quarto, do cheiro do fogão de lenha que inundava a casa. Gostava de brincar com o gato e o cachorro.

Tereza fazia suas coisas. Lavava aquele roupeiro de dia, passava de noite assistindo a novela. Fazia doce no fogão que eu fiz pra ela. Aos domingos, cozinhava a mesma comida. A Josi adorava. Tinha frango assado, macarrão, maionese. Tudo feito com as mãos boas da Tereza. Ela trabalhou a vida inteira num restaurante. Aposentou, mas continuou trabalhando em casa. Mulher boa era a Tereza.

A diferença de idade entre eu e a Josi não era problema. Ela devia ter uns vinte e poucos anos, e eu quase setenta. Ela não se importava, nem eu.

Pedi a ela que me levasse num dentista pra colocar dentadura. Ela achou ótima ideia e me levou.

Fiquei muito diferente com dente. Minha voz mudou. Só usava a dentadura pra sair na rua, dentro de casa não usava. Ela dizia que gostava de mim de qualquer jeito, com dente ou sem, dizia que gostava do cheiro da minha boca. Cheiro de cerveja e cigarro.

Ela gostava de ouvir minhas histórias. Dizia que um dia ia contar pra todo mundo, escrever um livro.

Eu via ela nua e achava linda. Ela ria da minha vergonha de ficar de cueca perto dela.

Dava sete horas da noite, a gente já estava se deitando.

Dormir abraçado com ela era muito bom.

32

Vizinhança

Em frente ao sítio da Josimara, tinha uma vizinha chamada Gertrudes. Outra Gertrudes na minha vida. O Carlos, caseiro do sítio ao lado, dizia que ela queria me ver longe dali.

Essa vizinha falava alto. Tudo era motivo pra ela chamar a polícia.

Eu nem ligava.

Num sítio mais à frente, tinha uma senhora mais velha que morava com um rapaz. Eu achava interessante porque era como se fosse eu e a Josimara, só que ao contrário.

Mais embaixo, tinha um rapaz que era dono de uma oficina mecânica. A Josi tinha um Fusca, que vivia quebrando o cabeçote. Esse rapaz consertava. A última vez que quebrou foi numa estrada indo para o sertão. Voltamos com o carro todo solto. Não sei como conseguimos chegar em casa. Foi Deus mesmo.

Esse Fusca era um mistério. Buzinava sozinho, acendia farol sozinho. Quando desligava na chave, ele continuava funcionando.

Ele foi parado várias vezes pela polícia, por causa do estado de conservação. Da última vez, teve que ficar no pátio da polícia. Josi teve que pagar pra tirar ele de lá.

Depois de algum tempo, a Josi vendeu ele e comprou uma sanfona da mesma pessoa. Há quem diga que ela trocou um Fusca numa sanfona velha. Maledicências.

33

Gravidez

Josi ficou grávida. Ficou toda feliz. Não esperava. No começo, ficou meio atrapalhada, fazendo um exame atrás do outro pra ter certeza da gravidez. Depois que teve a certeza, passou alguns dias, ela perdeu o bebê.

Tadinha, ficou muito triste, ela queria a criança.

Deus sabe o que faz.

Quando começou a ter sangramento, levei ela para o posto de saúde. De lá ela foi pra capital numa ambulância.

Quando chegamos na UPA, liguei pra irmã dela, que veio e buscou. Mais tarde fiquei sabendo que a irmã levou pra um hospital particular. Deve ter sido bem atendida.

Depois de alguns dias, ela estava bem e voltou pra casa.

Passou um tempinho, vieram todos os irmãos pra buscar ela de vez. Diziam que ela estava com a cabeça ruim.

Fui embora para o arraial, e o sítio da Josi foi vendido.

34

Rua da saudade

Depois de algum tempo, Josi veio me visitar. Estava trabalhando num sítio de um casal de idosos. Gostava deles, eram bons. Eu morava no sítio a semana toda. Josi foi lá me ver. Fiquei cheio de vida.

Umas duas vezes por semana ela ia me ver. Eu tinha sempre um abacaxi ou laranja pra ela. Gostava muito de fruta.

A gente ficava conversando sobre o tempo antigo e relembrando as histórias.

Ela me dizia que sentiu muita saudade de mim.

Eu também senti muita dela.

Contei pra ela que agora era muito amigo da minha filha com a comadre Ana. Como é o destino. A moça gostava de mim sem saber que eu era o pai dela. Levava o filho dela pra eu benzer, meu neto.

35

Sei entrar e sei sair

Fiquei doente. Tive um problema na cabeça. Os médicos disseram que era sangue dentro da cabeça. Fui operado. Eles fizeram três furos. Fiquei um tempo usando fralda. Não podia ir no banheiro. Mas sarei, graças a Deus. A Josi veio me visitar. Trouxe cigarro pra mim. O médico tinha me proibido de fumar. Mas, com aquela idade que eu tava, achei que era muito tarde pra parar de fumar. Tereza achava ruim quando alguém me dava cigarro.

Naquele dia Josi foi embora chorando. Não entendi por quê.

Agora eu sei. Nunca mais veio me visitar.

Eu fiz uma cadeira de madeira pregada no chão embaixo do pé de jabuticaba.

Todos os dias fico lá sentado, pensando a vida.

Ainda trabalho. Busco lenha, varro o quintal, molho as plantas.

Vou seguindo assim até o dia que a morte vier.

FSC
www.fsc.org
MISTO
Papel | Apoiando uma gestão florestal responsável
FSC® C092828

2023
CARBON NEUTRAL
SAVE cerrado

Miolo impresso em Chambril Avena LD 80g, na gráfica Formato para o Grupo Editorial Quixote

1ª EDIÇÃO